中共杭州市萧山区衙前镇委员会
杭州市萧山区衙前镇人民政府
编

风衙
云前

Y A Q I A N F E N G Y U N

从越国的山阴故水道
到西晋贺循开凿的官河
再到唐代诗人们游历浙东的必经之地
这片土地
见证了诸多文化的交融与碰撞
……

浙江工商大学出版社 | 杭州
ZHEJIANG GONGSHANG UNIVERSITY PRESS

图书在版编目（CIP）数据

衙前风云 / 中共杭州市萧山区衙前镇委员会，杭州市萧山区衙前镇人民政府编. -- 杭州：浙江工商大学出版社，2025. 5. -- ISBN 978-7-5178-6296-3

Ⅰ. Ⅰ267

中国国家版本馆 CIP 数据核字第 2025UR6208 号

衙前风云

YAQIAN FENGYUN

中共杭州市萧山区衙前镇委员会
杭州市萧山区衙前镇人民政府　编

责任编辑	张晶晶
责任校对	杨　戈
封面设计	尚俊文化
责任印制	祝希茜
出版发行	浙江工商大学出版社
	（杭州市教工路 198 号　邮政编码 310012）
	（E-mail：zjgsupress@163.com）
	（网址：http://www.zjgsupress.com）
	电话：0571 - 88904980,88831806(传真)
排　　版	尚俊文化
印　　刷	杭州丰源印刷有限公司
开　　本	889 mm×1194 mm　1/32
印　　张	8
字　　数	172 千
版 印 次	2025 年 5 月第 1 版　2025 年 5 月第 1 次印刷
书　　号	ISBN 978-7-5178-6296-3
定　　价	68.00 元

序

在江南水乡一隅，衙前镇宛如一颗璀璨的明珠，镶嵌在古运河上，熠熠生辉。今天，我们翻开的这本《衙前风云》，不仅是对过去的深情回望，更是对未来的美好期许。

衙前显然是厚重的。从春秋时期越国的山阴故水道，到西晋时期贺循开凿的官河，再到唐代诗人们游历浙东的必经之地，这片土地见证了诸多文化的交融与碰撞。"历史·沉淀"篇用生动的笔触，把我们带入了那段充满诗意与激情的岁月。诗歌中的衙前往事，仿佛一幅幅动人的画卷，展现了衙前人民的智慧与勤劳；红色衙前的印记，铭记了那段烽火连天的岁月，让我们不忘初心，砥砺前行。

衙前必定是可爱的。在"风涌·现实"篇，我们看到了一个焕发着新时代气息的衙前。这里的自然风光旖旎，文化生活丰富多彩，社会风貌文明和谐。衙前人民在新时代的浪潮中，勇立潮头，不断创新，将一个个梦想变为现实。"诗韵·芳华"篇，用精练而优美的语言，期许衙前未来的美好。它让我们看到了衙前人民对未来的无限向往与追求，也激励着我们为实现这一美好愿景而努力奋斗。

衙前永远是奋斗的。站在新的历史起点上，我们将弘扬"敢为人先，永不满足"的衙前精神，以更加开放的姿态、更加务实的作风、更加创新的思维，让古运河的印痕、红色衙前的记忆、民营经济的风采在新时代焕发出新的光彩，让衙前人民群众在共享发展成果中拥有更多的获得感、幸福感。

衷心感谢所有为本书付出辛勤努力的作家和诗人，你们用真诚、智慧、汗水成就了《衙前风云》。在时代的洪流中，愿这本书能够成为传承衙前文化、凝聚人心、推动发展的重要力量。

中共杭州市萧山区衙前镇委员会

杭州市萧山区衙前镇人民政府

2024年11月

目 录

╬ 一 历史·沉淀 ╬

⊹ 二 风涌·现实 ⊹

✦ 三　诗韵 · 芳华 ✦

yaqian fengyun

历史 · 沉淀

古运河诗路上的明珠

◇毛晓青

古运河，还要追溯到春秋时期越国的山阴故水道。《越绝书》记载，山阴故水道起于范蠡修建的山阴大城（今绍兴老城）东郭门，终于上虞东关练塘。西晋永康年间（300—301），司空贺循在会稽凿渠开通官河，后来官河不断扩展，向东延伸，至钱清与西小江汇合，然后到达曹娥江，再与曹娥江以东的运河相连。就这样，官河的河道越来越长，最终扩建成了浙东运河。

就是这条浙东运河，成了唐代诗人游历浙东的必经之地。他们在古运河上行吟赏景，开启了浪漫的"唐诗之路"。李白、杜甫、王维、孟浩然、孟郊、刘长卿、白居易、元稹等大诗人，横渡钱塘江，漂过渔浦和固陵（今西兴），经浙东运河游绍兴、上虞，访嵊州、新昌，最后到达天台山石梁飞瀑。在这二百千米的旅程中，唐代的诗人们留下了近两千首诗作。20世纪90年代，新昌学者竺岳兵先生提出来，把这一带称为"浙东唐诗之路"。

唐开元十八年（730），孟浩然从老家襄阳乘船南下，去往他心心念念的越中。

唐时的越中，指的是萧山、山阴、会稽、上虞、余姚、剡县、诸暨七个县。这七个县的某一地某一县都可称为越中。诗人们渡过钱塘江后，就到了越中的地界。越中临海，又多山水。到"山水会稽郡"一游是孟浩然多年的心愿。

横渡钱塘江时，大潮刚刚回落，江面上明亮平静得就像镜子一样，夕阳映照在江面上，也似给两岸的青山镀上了一道金边。船行了片刻后，孟浩然手搭凉棚往前一望，已经能清晰地望见萧山西陵古渡高高的驻防大堤。

到了越中，孟浩然再也按捺不住激动的心情，手指画一圈钱塘江尽头连绵不绝的青山，随即口占一首《渡浙江问舟中人》：

> 潮落江平未有风，
> 扁舟共济与君同。
> 时时引领望天末，
> 何处青山是越中？

自从上了渡江的船后，孟浩然一直伸着脖子望着天际，哪里是他向往的越中啊？

眼看着萧山的西陵渡口就在眼前，登上渡口，就踏上了越中的土地，孟浩然怎不激动万分呢？

西陵就是现在的西兴，春秋时期，越国的大将范蠡在这里驻兵守城，大船尖兵把个西陵渡口坚守得像个铁桶一样，所以老百姓都称其为固陵。没想到，几年后，固陵又成了伤心陵。

公元前496年，吴王阖闾率军大败越国，越王只得举白旗投降。吴王为羞辱越王勾践，令他去吴国给自己当马夫。

就在钱塘江边的固陵，越国的大臣们送别了他们的大王。眼看着勾践即将渡船离去，大夫文种上前敬上一杯离别酒，越王接过酒水，环视一圈，固陵仍然是那样坚不可摧，可自己却要去给吴王夫差当牛做马，这一去，将会受到何等的羞辱啊，越王不由得仰天长叹，举着酒杯默默流泪，久久无法喝下这一杯离别酒。

良久，越王勾践将酒杯狠狠地摔在地上，拂袖登上航船，心里暗暗发誓，今日受到的耻辱，日后要让吴王夫差加倍奉还！到了吴国后，勾践忍辱负重，尽心服侍吴王，很快赢得了夫差的信任。三年后，吴王夫差将勾践放回了越国。

勾践回到越国，卧薪尝胆、励精图治十年。公元前482年，趁吴王夫差北上会盟，国内空虚之际，越国出动大军，一举拿下吴国都城，俘虏了吴国太子。等夫差带兵赶回吴国时，一切为时已晚。不甘心向越王俯首称臣的夫差，挥剑自杀。

孟浩然在西陵渡口弃船登岸，一大段古越国驻防大堤矗立在眼前。走上大堤，手拍着已经残破倾颓的堤面，不禁想起吴越争霸的往事，孟浩然又是一阵唏嘘。

越王勾践历经二十年，几经荣辱，几度沉浮，终于打败吴王，成为一代霸主。勾践卧薪尝胆的故事，令诗人们感慨万千，西陵古渡成为诗人们探游越中的第一站。

"越王勾践破吴归，义士还家尽锦衣。宫女如花满春殿，只今惟有鹧鸪飞。"李白游越中时，写下一首《越中揽古》，感怀这一段历史：越王勾践打败吴国后凯旋，征战的将士们都得到了奖赏。当初那些满大殿美得像花儿一样的宫女哪里去了呢？如今只看见天空上的鹧鸪在寂寞低飞。

白居易游历越中时，在西陵驿站歇宿。在给朋友的诗《答微之泊西陵驿见寄》中说，从驿站远远地望到西陵古渡成了烟波江上的一点白："烟波尽处一点白，应是西陵古驿台。知在台边望不见，暮潮空送渡船回。"

此刻，站在西陵古渡口的孟浩然，也不由得轻轻叹一句："若到西陵征战处，不堪秋草自伤魂。"这一同时代诗人李嘉祐的诗句，恰好道出了孟浩然此刻的心情。抬眼远眺钱塘江，潮水刚过，江面平静如镜，将之前汹涌激荡的大潮抹得干干净净。

在渔浦，早晨第一缕阳光洒在江面上，惊醒的水鸟咕咕咕地叫起来，伴随着渔浦口哗哗的船桨声。站在船头望去，日出时分的江面异常开阔。直到太阳高高挂起了，邻船的美人才走出船舱，照着江影梳头打扮。孟浩然想探出身去掬一口江水饮，不想惊动了岸上的猿猴和水中的鱼儿，猿猴嗖嗖地逃到了岸边的青山上，鱼儿呢，惊慌地跃出了水面……

在景色这么美丽壮阔的江上行船，怎么会感到烦闷呢？诗人的心中，一首《早发渔浦潭》的诗作已经酝酿好了，他便急急回舱，提笔一挥而就：

> 东旭早光芒，渚禽已惊聒。
> 卧闻渔浦口，桡声暗相拨。
> 日出气象分，始知江路阔。

　　　　　　美人常晏起，照影弄流沫。

　　　　　　饮水畏惊猿，祭鱼时见獭。

　　　　　　舟行自无闷，况值晴景豁。

　　吟完诗，小船很快驶入了古运河……

　　第二站便是衙前。那令唐朝诗人们深深迷醉的古运河，至今仍穿镇而过。

　　"衙前"的得名，是因村镇建在军衙之前。唐代的驻军，明代的抗倭将士，都据山布阵，军衙建在近山，山前的村镇便被唤作"衙前"。

　　镇西南是青山，镇西北则水网密布，浙东古运河流淌了千年。

　　作为古运河上的一个重要站点，衙前向来被称为"吴越通衢"。镇上茶馆、酒家、饭庄、客栈鳞次栉比，河上运送大米、土布、棉麻、蚕茧、生丝的小船川流不息。

　　南宋衙前镇的居民，还见证过皇帝赵构的梓棺船从门前的官河经过。史志记载，赵构的棺木横渡钱塘江后上岸，再由马车送到两三里外的官河埠头，从官河的起点西兴启程，经过萧山城厢、衙前和绍兴的钱清、柯桥，最后在会稽永思陵落葬。

　　比起之前的繁华热闹，如今的古运河显得静谧悠闲。它就像一位历经岁月沧桑的老人，仪态从容地穿越街市，缓缓流淌。

　　两岸街市，深咖啡色的民居、店铺直接临街，有些居民在大门前装了矮挞门。炎热的夏天，打开大门，合上矮挞门，享受着运河上吹来的穿堂风。沿着古运河而建的古镇，屋顶小青瓦覆盖，地上青石板铺路，白墙青瓦间透露出浓浓的水乡风情。

东岳庙是临河的一座小庙。旧时，逢年过节，或镇上、家里有大事发生，居民们便来庙中祭祀祈福。小庙规制不高，却也是香火不断。

在历史的风云际会下，这座小小的古庙成为农民革命运动的星火燎原之地。衙前早期在共产党员沈定一的领导下，1921年9月27日，和附近村子的农民在东岳庙前集会，宣告成立衙前农民协会，发布了《衙前农民协会宣言》和《衙前农民协会章程》，提出了土地归农民使用，由农民组织的团体保管分配的革命主张，并选举了以李成虎为代表的贫苦农民为领导者。

衙前东岳庙，这个共产党领导的第一个农民协会所在地，如今已被改造成历史陈列馆，门柱上的楹联"龛赭锁重门屏藩叠嶂，东西分两浙吴越通衢"，解码了衙前古镇特殊的地理位置，和在这"屏藩叠嶂、吴越通衢"之地的衙前人澎湃的浪漫激情。

诗歌中的衙前往事

◇谢　君

千年以来的吴越通衢

中国是诗的国度，诗是自然、生活与时代的产物，以诗记事，因而诗与历史同在。

衙前，浙东萧山的一个小镇，位于宁绍平原上，民宅依水而筑，渡河、坐船是人们的生活日常，一个典型的江南水乡。这里，旧时称"吴越通衢"，也就是说，是船只东出西入的往来之地，游客南渡北往的驻足之地。据史料，从南朝的时候起，文人、官员与商人从杭州渡江而来的漫游足迹已有种种文字记录了。

这一切，皆因其境内有两条东西蜿蜒的河道——萧绍运河和西小江。于是，河流与港湾便像迷宫似的遍布平原。特别是南宋以降，政治经济重心南移，这两条河的地位直线上升，它是浙东的经济命脉，也是风光旖旎的风景线。当舟行如梭，徜徉其中，也就出现了不少关于衙前的特有古诗。

凤凰台下一帆归，秋雨秋风满客衣。

黄菊到家应落尽，西陵斜日闭园扉。

——高启《送任元礼东归》

这是明初诗文三大家之一高启轻舟缓行、飘然而过萧山时所作。凤凰即衙前凤凰山，海拔约九十米，凤凰山南坡紧倚镇街，此山因酷似一只卧伏的凤凰而得名。高启老家为苏州，此诗所述，为其北归时从绍兴西郭门至萧山西兴沿途的风光。也许，坐落在萧绍运河中段、凤凰山下的衙前古镇，钱庄、药铺、布店、粮行的灰墙黑瓦，以及在石阶埠头上洗涮的女人，让他忽然起了客思，于是有了"黄菊到家应落尽"的感叹。

随着宁绍平原经济的发展和繁荣——它布满了棉花、黄麻和桑树，这些作物是杭州和上海纺织工业的重要原料——因而民国以后，地处水陆要路的衙前又有了现代交通的轮船公司。经营运河航运的有越安公司，1916年8月，孙中山、胡汉民坐轮船去绍兴，经过衙前，乘坐的即是越安公司的小火轮。在西小江上行走的有永利、大华公司。这些轮船公司所开辟的从曹娥、绍兴西郭门和道墟开至西兴的客运线上，有白班快船，也有晚间的夜航船。

烟波浩渺上的海防门户

衙前镇街的北部，横着一条大堤，叫北海塘，也称捍海塘，在历史的长河中，一段漫长的时间里，堤外就是浩瀚的钱塘江。

显然，这条大堤的作用，在于保护镇内土地免遭大潮的侵袭。北海塘的尽头与两座小山相接，那就是凤凰山和龛山（又名航坞山）。由于江岸边山峰寥寥，因而衙前也曾是浙东重要的港口和海防要地。衙前地名即来源于此——五代时，吴越国镇东军驻守衙前，因在这里建了一所军衙，故军衙前之地，名衙前。衙前的驻军历史甚至可以远溯至吴越春秋之时，据《越绝书》记载，勾践为训练水军对吴作战，曾在龛山下修筑船坞。

> 长江限吴越，形势一何雄。
> 夷岛苍茫外，乾坤浩荡中。
> 江连埋日雾，汀暗走沙风。
> 忽起乘桴叹，沧州不可穷。
>
> ——朱纯《登龛山》

古代钱塘江的江道在瓜沥龛山与赭山之间入海，江南、江北两山对峙如门，滔滔的钱塘江在此出海，故称海门。海门之外，一片浩渺烟波，也就是明代绍兴诗人朱纯所目睹的"沧州不可穷"。而"乾坤浩荡中"的龛山是南岸第一高峰，地势的重要性使之成为东南沿海的海防门户。直到明代，钱塘江南岸的龛山仍设有戍楼，明军戍守于此。

16世纪的一个冬天，即嘉靖三十四年（1555）十一月，一场大破倭寇的战斗就曾发生在这里，史称"龛山之战"。当时明军遇贼死战，以一当十，结果大败倭寇，一组纪实性的史诗也由此诞生。

短剑随枪暮合围，寒风吹血着人飞。

朝来道上看归骑，一片红冰冷铁衣。

——徐渭《龛山凯歌》

此诗前两句写战事。在夜幕的掩护下，朔风怒号之中，明军将士不畏严寒，出营与敌短兵相接，或持短剑，或挥长枪，最终将倭贼合围，血战之中，兵刃所至血肉横飞。"寒风吹血着人飞"这一行描摹厮杀的血腥与惊心动魄，生动形象而富想象力。后两句写战事之后，紧张的鏖战结束，"朝来道上看归骑"。明军将士凯旋，盔甲之上闪现着曙光，也凝结着殷殷血斑，仿佛一片红冰。很显然，一片红冰的特写，传神地概括了龛山之战的激烈与残酷。徐渭此诗在时间和场景上大幅跳跃，笔墨精省，而所描绘的明军将士的英武形象跃然纸上。

《明史》记载，嘉靖时期，倭寇猖獗，倭寇入浙东北杀戮近四千人。当其流窜到衙前镇境，右佥都御史胡宗宪亲自带兵进驻龛山之巅。龛山之战的胜利，是一次彰显军威和国威的有力反击，因而徐渭十分喜悦，特别是统领这一次战斗的会稽县典史吴鼎庵是他的朋友，出于对朋友勇气的敬意，战事甫毕，徐渭据所见所闻，写下了这一堪称奇作的纪实史诗。

据说，吴鼎庵将斩获的倭贼进献胡宗宪后，胡命"取贼心，啖之"，又选了首级二十颗搁置案桌，相对饮酒，一颗一觥，众皆失色，而胡谈笑自若。由此可见，大捷之后胡宗宪的喜悦之情。而在龛山之捷的第二年，即嘉靖三十五年（1556），徐渭与他所敬仰的恩师季本再次登上龛山，并写了一首《龛山观潮》诗，该诗以奇崛和不羁的诗意描绘壮美的惊涛骇浪，展现了这一片土地的神奇。

惊涛骇浪的20世纪20年代

秋光如水拂秋衫，古树笼阴护曲栏。

背座夕阳斜点指，白云飞过凤凰山。

——沈定一《衙前风景诗：车站休憩场》

20世纪20年代是中国近现代史上一个激荡和令人动容的时代，衙前也曾因开创农民运动先河而成为中国东南地区引人注目的中心，并在党史中留下不灭的声名，这一声名与《衙前风景诗：车站休憩场》的作者是分不开的。这是一个慷慨地散尽家财的革命家，在清末时不惧权贵敢于鞭笞吉林巡抚朱家宝父亲的知县，民国初年浙江省议会议长，在家乡和女儿、儿子、儿媳同去湖里游泳，并引起极大震惊的人。

这首诗中的车站休憩场，为衙前汽车站内的旅客候车室。它位于萧绍公路南侧，为一幢面积约一百二十平方米、坐南朝北的两层木结构楼屋，此屋底层设售票处和休憩场，楼上为工作人员住房。萧绍公路当年为穿越衙前的第一条公路，碎石路面，建成于1925年，从那以后，衙前镇上有了客车过境。

跨过萧绍运河上的一座桥，汽车站的北面是凤凰山南坡，东面是沈定一的沈家大院。在1927年的秋光中，沈家大院门口悬挂着好几块牌子——衙前农村小学，萧山县东乡自治会，国民党萧山县一、二区党部。而走进这所房子，可以看到一些青年在那里：王讷言在写文章，孔雪雄在画表册，蒋剑农等人在大树底下的一张圆桌前讨论东乡自治与工作计划。也可以遇见叼着长烟管走来走去的农民。他们都很忙，但每个人都很愉快，因为他们在忙着实现一个新的理想——东乡自治。

秋光中的人正处在他一生最愉快的时光中，因而他写给故乡衙前的诗作也流露出"白云飞过凤凰山"的兴奋和激情。这是一个归来的人，他已辞去要职，离开杭州的政治舞台，回到家乡并醉心于萧绍平原上的乡村自治运动。

然而遗憾的是，就在写下《衙前风景诗：车站休憩场》之后不到一年时间，在这同一地点，在暮色已临即将回到家中与怀孕的妻子及两个幼子共进晚餐时，他遭到两名身着白布衫裤的嵊县刺客袭击，身中六弹而死。刺客的枪弹给他的革命生涯画上了句号，他的激情、孤独、未竟的梦想，以及一个时代也随之告终。

关于沈定一，可以有很多定义，但无论如何定义，他都是一个有平等理想并志在造福民众的人。于我而言，这是一个卓尔不群的人，一个侠客义士。而特别值得一提与令人惊异的是，在20世纪初叶的新诗运动时期，他和他的密友刘大白以及学生郦翰丞等人，还是中国独树一帜的现代汉语诗人。无论新旧文学，他们都是擅长的。

1920年，沈定一回乡创办衙前小学，受其热情和精神感召，刘大白、郦翰丞等一批知识分子来到了衙前，在白鹤桥边住了下来。他们在这里留下了难忘的足迹，并创作了数十篇反映衙前农民疾苦的诗歌，像《生与死》《卖布谣》《成虎不死》《收租船》等。

这些极具天赋的诗作是痛苦的、黑暗的，但也是热血的、富于情感的、恣意奔放的、打动人心的，算是当时最早最具体系的现实主义诗，说是开创性的也不算谬赞与虚夸，因为它们已经流传下来，进入文献，进入20世纪的白话诗歌史，如同他们的足迹留在一个浙东小镇。诗为苦难而作，这些诗篇呈现了真实的中国图景，在衙前，通过开办学校以及与佃户接触细谈，他们看到了身边的现实——漏雨的鸡粪、满地的茅草屋和正处于饥饿边缘的屋子主人。这些诗篇的意义还在于，它具有人道主义的同理心，是基于内心对光明的赤诚渴求而作，即使获取光明并不是一件容易的事情，就像沈定一在《海边游泳》一诗中所述，这需要"赤裸裸的""大踏波去"的彻底觉醒和奋斗。

海边游泳

赤裸裸的天，
赤裸裸的地，
赤裸裸的人。

蹬开岸，大踏波去，
一切感想都平。
天光照着海底，沙线一棱棱。
睁开眼孔看，周围光线平均。
天也碧青青，海也碧青青。

何处藏身？
不必藏身，便是藏身；
藏身处，不知道是天是海，
只是光明。

衙前人物群像

◇黄建明

在衙前，有一座凤凰山，因山形似卧着之凤凰，故名；又名慈孤山，康熙《萧山县志》卷五："凤凰山在（萧山）县东三十里。《郡志》又云慈孤山。石崖间有望夫石，上红下绿，阴雨望之，俨然一妇人形。世传其夫溺于海，妇登山伫立，以望久之，遂化为石。"明孙大初曾写《高台望夫石诗》一首，讴歌了这一凄美的爱情故事。

在凤凰山下，有一条河。这条河起始于西兴，一路向东，流经衙前，流向绍兴、宁波，最终流入东海，这就是萧绍运河，又名官河，也叫浙东运河，开挖于晋代。"山林小市两边陈"，今街道古貌风韵犹存。千百年来，这条河守望着衙前的发展。官河两边的民居，白墙黑瓦、镂空红窗，修旧如旧，古镇氛围真是越来越浓了，成为运河边一颗璀璨的明珠。

山水之路，王羲之、谢灵运经过这里，去越州寻师访友，留下风骨和佳话；唐诗之路，李白、杜甫经过这里，溯剡溪到浙东，留下千年吟诵的诗篇；南宋皇室，祭祀祖先，经过这里，留下御码头；相传会稽梁山伯、上虞祝英台，坐船经过这里，往来杭城读书；越剧名家袁雪芬、傅全香、戚雅仙等，从剡溪下来，经过这里，去上海演绎"舞台姐妹"芳华……这些名流佳士，虽不是衙前人，却或多或少与衙前有些关联，穿透烟尘，他们，为衙前留下不可复制的千年印记。

农民运动群英谱

"山不在高，有仙则名；水不在深，有龙则灵。"衙前凤凰山的名，在于山上长眠着一些人，这是一座英雄之山。这座山，海拔只有九十四米，并不高大，就像英雄中的农民，外表平平，内心强大，闪耀在祖国的土地上，闪耀在浩瀚的历史中。这些人，是中共领导的第一次农民运动的灵魂，有沈定一，有李成虎，有陈晋生，有陆元屿，有沈仲清，有单夏兰、金如涛、朱梅云、汪张瑞等。这些人，除了沈定一，其他都是农民，但他们在百年前的壮举，影响了萧绍的八十多个村子，推动了萧绍地区农民运动的发展。这是中国共产党成立后领导的第一次有组织有纲领的农民运动，被称为"全国农民运动历史上最先发轫者"。这次农民运动虽然时间不长，但它揭开了中国现代农民革命斗争的序幕，显示了农民群众潜在的伟大力量。

李成虎是农民运动的实际负责人。他牺牲后，其弟带领成虎的子女驾船到萧山狱中运回他的遗体收殓。遗体安葬于凤凰山南的山坡上，墓制高大，周围植苍松翠柏，前立墓碑，其上有隶书大字"李成虎君墓"，左侧刻有"衙前农民协会委员之一，十一年一月二十四日害于萧山县狱中，其子张保乞尸归葬，沈定一书石"字样。上海工商友谊会闻讯，特派代表童理璋前来祭奠，并在凤凰山立石碑一座，上书"精神不死"四个大字。碑文为："李公成虎因集同志组织农民协会，要求田主减租被捕，遂逝狱。同人等佩公为谋公家幸福而牺牲。爰立碑于此以作纪念。"下署："中华民国十一年二月二十三日上海工商友谊会全体同仁敬立。"此后，围绕李墓，修建了东、南、北三条墓道。南墓道隔河面对衙前汽车站，河上建一桥，名为"成虎桥"。桥旁竖起李成虎纪念坊，上书"李墓南道"，两旁石柱上刻有楹联，一面是"吃苦在我；成功在人"，一面是"中国革命史上的农人这位要推第一个；四山乱葬堆里之坟墓此外更无第二支"。在李成虎牺牲后的一年，当时在衙前农村小学任教的刘大白先生写了一首《成虎不死》的挽诗，来纪念这位农民运动的先驱者："成虎，一年以来，你的身子许是烂尽了吧，然而你的心是不会烂的，活泼泼地在无数农民的腔子里跳着。"

衙前农民运动还有一位重量级的农民领袖叫陈晋生，为农民协会委员之一，民国十年（1921），在军警包围中演说被捕入绍兴县狱。陈晋生被捕后，受尽严刑逼供，终不向敌人屈服。后被折磨成重病，官府才同意保释，回家时已是除夕。此后，家里筹钱给他治病，但医药无效，不到两个月，他便含恨谢世。他的遗体葬于凤凰山北坡，墓碑正面镌刻为"农民陈晋生墓"六个大字。左侧是："为群众谋利益而牺牲者。"右侧文曰："晋生为农民协会委员之一，民国十年在军警包围中演说，被捕入绍兴县狱，刑虐致病，出狱寻殁。"陈晋生墓旁，还有陆元屿墓、沈仲清墓，这些农民的斗士，他们没想到，那块他们认为灾难深重的土地，在他们身后的百年，发生了巨变，"有，要大家有；好，要大家好"的共同富裕愿景，正在衙前的大地上逐步变为现实。他们若是泉下有知，也应该是极为欣慰的。

汉语"共产党"首译者——朱执信

在衙前，还有一位名人与孙中山的关系很深，那就是我国近现代史上著名的民主革命家朱执信。

朱执信祖籍衙前镇翔凤村（今四翔村），清光绪十一年（1885）十月生于广东番禺。为东汉大司农、钱塘侯朱儁第六十五世孙。朱儁征讨黄巾军有功，可惜的是，功高盖主最终却被气死，葬于衙前洛思山。如此一代名将，却在《三国演义》中着墨不多，影响力甚小，甚是遗憾。朱执信十五世祖朱仲安，性爱梅，故号梅轩，为官一任，造福一方，在交趾郡（今越南，郡治河内）做了十六年郡守，回来时，当时百姓多有馈赠，朱仲安一无所受。但为了不辜负百姓美意，朱仲安只携石磨一、石砧一，压装以归。他对三个儿子说："吾惟留清白以遗子孙，二物所以志也。"朱执信父亲朱启连是有名的绍兴师爷，做过张之洞、曾国荃、刘坤一的幕僚，能诗善文，擅长书法，喜丝弦乐器，在粤地很有名气，著有《棣垞集》四卷、《外集》三卷、《琴说》二卷、《琴谱》若干卷。

清光绪三十年（1904），朱执信以公费生的身份去日本留学，攻读政法系，在日期间加入同盟会，被选为评议部议员兼书记。中文"共产党"一词，就是他首译的。宣统末年（1911）四月，"黄花岗起义"，他是进攻清政府督署衙门的突击队成员之一，在激战中负伤，流亡香港。武昌起义后，他光复广东后担任广东军政府总参议。他一直是孙中山的主要助手之一，任孙中山大元帅府军事联络及掌管机要文书的职务，协助孙中山撰写《建国方略》等著作，并奉命在上海创办《建设》等杂志。民国九年（1920）朱执信到虎门调停驻军与东莞民军的冲突时，不幸被桂系军阀杀害，为中国的资产阶级民主革命献出了生命。

朱执信是一位全才，是数学家、哲学家、思想家、民主革命家、报刊政论家，文武兼备，有"革命之导师"之称，如果不是英年早逝，或许中国的政坛就没有蒋某人的事了。遗憾的是，历史没有如果。

朱执信牺牲后，社会各界扼腕叹息、痛心疾首。孙中山悲恸不已，赞扬朱执信："执信牺牲，我们付的代价太大了。执信乃革命中之圣人。""执信忽然殂折，使我如失左右手，计吾党中知兵事而且能肝胆照人者，今已不可多得。"

陈独秀以挽联形式高度评价朱执信的价值："失一执信，得一广东，得不偿失；生为人敬，死为人思，死犹如生。"

《南方日报》评价："朱执信一生将革命党人和传统儒生这一双重身份完美结合。他既曾血战沙场，又不时驰骋笔墨。"

2021年，国际天文联合会（IAU）把256698号小行星命名为"朱执信"，以纪念这位在中国近现代史上为推动国家民族进步做出巨大贡献的革命家。以你之名，永耀星河，来自"星星"的你，照亮了壮丽的山河。

中国妇女运动的先驱者——杨之华

很多人对"七一勋章"获得者瞿独伊非常熟悉，而对杨之华不太了解。其实，她们是母女。

杨之华出生于瓜沥坎山三岔路村，从小个性顽强，敢于反传统，跟着哥哥读书认字，一头短发的她骑自行车上街总会引人侧目。衙前农民运动时期，正在衙前农小任教的杨之华，就在官河边向农民传播革命思想。后来她在衙前农民运动发起者沈定一的帮助下，前往上海参加妇女运动。1923年底，杨之华考入上海大学社会学系，在那里她不仅坚定了红色政治信仰，也找到了真正的爱情归宿——瞿秋白。

1924年6月24日加入中国共产党后，杨之华先后参与上海纱厂工人罢工、五卅运动等，担任中共中央妇女部委员、上海各界妇女联合会主任、中央妇女部部长等职；创办《中国妇女》旬刊，出版《妇女运动概论》一书，该书被誉为"妇女运动的指南针"。此外，她还和向警予等开办了三十多所女工夜校宣传革命。在瞿秋白慷慨就义后，杨之华强忍悲痛，继续坚持革命。中华人民共和国成立后，她先后担任全国妇联副主席、全国总工会女工部部长等职，为党的妇女工作鞠躬尽瘁。

杨之华是妇运之光，她为妇女解放不懈努力，不惜以鲜血照亮黑暗，用鲜血和生命去实践理想，她初心始终坚定，用不平凡的故事叙写不凡的感动。在衙前，在凤凰山南坡，建有杨之华纪念馆；在瓜沥坎山，存有杨之华故居。这个萧山革命史上最美的"巾帼红"，与楼塔的楼曼文一起，被称作萧山红色革命史上的巾帼"双子星座"，她们用青春和一腔热血，在鼓荡千年的越文化的土地上，播撒红色的种子。

萧山历史上寿命最长之人

据新编《萧山县志》记载，衙前新发王村（今衙前村）王继昌，出生于道光元年（1821），去世于民国二十八年（1939），享年一百一十八岁，是萧山历史上寿命最长之人，被誉为"盛朝奇叟"。

王继昌出生于普通农家，十六岁时为逃婚到杨汛桥小尖山灵泉寺出家。十几年后下山，专干修桥铺路的公益之事。王继昌是一位方外人士，算得上萧山本土的传奇人物，故居至今仍在运河边完好保留。他没有学过工匠，却是一位造桥专家，造桥的经验非常丰富，经他修建的桥梁，桥体牢固，很少坍塌。据村民初步统计，经老人筹款建造的桥梁有九座。新发王的永兴桥西至吟龙闸段的萧绍运河南岸纤道石塘是他筹款建造的。钱塘江上第一座公铁大桥——钱江一桥，也有他的筹款，据族人讲，当时名叫"天保桥"，桥北原碑记中，曾刻有他的名字；村中横跨古运河的圆拱石桥——永兴桥，也说是他发起重修的。永兴桥已被列入杭州市萧山区不可移动文物，桥上有一块碑刻，上面刻有"永兴桥，乃永远兴旺之桥，相传于民国七年8月，由宗师王继昌发起募捐始建而成"字样；还有新发王东侧的凤仪桥、横跨西小江的螺山大桥、渔临关大桥，都镌刻着他热心公益的丰功伟绩。

王继昌人称"王半仙"，他有奇气、怪气、土气。他还在庙里学了医药技艺，经常给人治各种疑难杂症。再加上他不可思议的长寿，渐渐地，在他的身上，附会了许多传说。说他是仙人下凡来拯救大众的，这也是可以理解的。

衙前镇是1986年萧山县人民政府认定并向浙江省推荐的省级历史文化名镇，其人物群像并不丰富，大多是近现代革命人物，但就个体而言，每个人物立体丰满，富有个性，在中国近现代史上，特别是革命史上，留下极其深刻的一面。

小学校和大时代

——记衙前教育的历史与发展

◇半　文

一

一块黑板，数排旧式长条课桌，黑板上用白色粉笔字写着《劳动歌》：

> 你种田，我织布；他烧砖瓦盖房屋。
>
> 哼哼！呵呵！哼哼！呵呵！
>
> 作工八点钟！休息八点钟！教育八点钟！
>
> 大家要求生活才劳动。
>
> 认识字，好读书；工人不是本来粗。
>
> 读书，识字。读书，识字。
>
> 教育八点钟！休息八点钟！作工八点钟！

大家要求知识才劳动。

槐树绿，石榴红；薄薄衣衫软软风。

嘻嘻！哈哈！嘻嘻！哈哈！

休息八点钟！教育八点钟！作工八点钟！

大家要求快活才劳动。

遥远的旋律在黑板上盘旋、奔走、上升又落下，仿佛时间的河流发出的回响。如果用放大镜放大数十倍上百倍细致观察，每一个汉字都是一小粒一小粒白色的微尘的集聚，仿佛散落在时间深处的尘埃。一百年前，那个叫刘大白的现代著名诗人，写下这首近乎大白话的歌谣，让这些汉字拥有了生命力和穿透力，穿透时间，穿透空间。

刘大白是鲁迅先生的同乡，中国新诗运动的重要倡导者之一。早年留学日本，参加同盟会。后反袁失败，他被迫流亡南洋。1919年五四运动，他又站在新文化运动前列，用诗歌反帝反封建。刘大白是一位接地气的诗人，这时期的代表作有《卖布谣》：

嫂嫂织布，哥哥卖布。卖布买米，有饭落肚。嫂嫂织布，哥哥卖布。弟弟裤破，没布补裤。

与上述《劳动歌》是同一风格，也是以平白朴素的语言，描述在帝国主义和封建势力压迫下的劳动人民的悲苦生活，流露出作者对劳动人民的深切同情。该诗由赵元任谱曲，老一辈歌唱家李谷一演唱，广为传播。

《劳动歌》描述的核心是"劳动＋教育"："作工八点钟！休息八点钟！教育八点钟！"一种很理想的生活状态，有工作，有学习，有休息。很多人老埋怨工作太忙，没有时间看书学习，事实上，把一日二十四小时分成三等份，工作八小时之余，可用于读书学习的时间还是很充裕的。何况，到了成人年纪，多数人睡觉还用不了八小时。所以鲁迅先生说："时间就像海绵里的水，只要愿挤，总还是有的！"作为一个作家，伟大的作家，他的时间是挤出来的："世上哪有什么天才？我只是把别人喝咖啡的时间用在工作上了。"没有挤，就没有他的伟大的作品。

二

衙前农村小学校，清时建筑，两层小楼，木结构，两边耳房，正门有联："小孩子的乐园；乡下人的学府。"横批："世界当中一个小小的学校。"

一联一批，集中反映了这个小学校的办学理念。创办人沈定一在《衙前农村小学校宣言》中说："单有精神，算不得一个人。单有体力，也算不得一个人。人，必须要有精神体力并合而为一的。"

要把学习和劳动结合起来，要把小孩子和乡下人兼并教育，打造世界当中的一个小学校。

衙前农村小学校创办于民国十年（1921）春，同年秋季开学，并在《新青年》上发表宣言。这个宣言，是向世界和时代的一个宣告，把一个小小的学校和一个大大的时代、大大的世界联结起来。它不只是一个农村小学校那么简单。它有它的小，它只是小孩子的乐园，只是乡下人的学府，但它有它的大，它把当时最先进的教育理念树立了起来，把最前沿的人物吸纳了进来。

既接纳小孩子，进行小学教育；又接纳年轻农民，进行成人教育。1987年版《萧山县志》载：该校吸收贫苦农民子弟和青年农民入学，学费全免，书籍和簿册均由学校供给。路远的小学生，免费供应中饭。小学有五至六个年级，学生近二百人，除学文化外，兼学农事。学生毕业后，要求做到"上船会摇，下船会挑"。成人班晚上上课，学生一面识字，一面学习革命道理。

对小孩子，是"知行合一"，学习和劳动结合，这是明朝思想家、文学家、教育家王阳明先生知行合一理念的延续，亦是现代著名教育家陶行知先生"知行合一"的生动实践。这样的办学实践和教育理念，即便放在一百年后的今天，仍是十分理想和先进的。

对成人，既使之识字扫盲，亦使之学习革命道理。所以，这个小小的学校，既播种知识的种子，亦播种革命的火种，是中国共产党人创办的第一所革命小学，亦是党领导的全国最早的革命农民运动——衙前农民运动的指挥中心。

小学校—大时代，小学校—大世界，这样一种巨大的跨越和联结，让这个小小的学校有了一种身在大时代、就在大世界当中的感觉。它既是一种先进理念的折射，又是一种践行梦想的舞台。

这世上，大概没有什么比搭建一个平台，"把理想和现实结合在一起"更为美好的事情，譬如当年的《新青年》、五四运动、"衙前农村小学校"。

三

一百年后的今天，说起衙前的教育，最先想到的便是"衙前农村小学校"。这就是把小学校和大时代、小学校和大世界联结起来的魅力，一旦把学校教育和时代大势、世界大局紧密联结起来，它就有了穿越时间空间的能力和魅力。

衙前农民运动是中国共产党领导的第一次有组织有纲领的农民运动，揭开了中国现代农民革命斗争的序幕，开创了中共历史上的多个"第一"：

第一次农民革命运动；

第一个农民运动协会；

第一个农民革命的行动纲领；

第一所农民子女学校。

所有的"第一"都来之不易。"第一所农民子女学校"，这不只是一所普通的小小的学校，而是一所拥有红色根脉和红色源头的学校。衙前农民运动是一粒火种，在浙东一带终成燎原之势。

2021年是建党一百周年，也是衙前农村小学校建校一百周年。

我进入小学校：一楼正厅，抬头可见孙中山先生所题的"天下为公"匾。在二楼，我看到了刘大白、宣中华、唐公宪、杨之

华、瞿独伊等历史深处的
名人，他们站在墙上，注
视着今日的繁荣与发展，
他们是衙前或者说是我国
这些年繁荣与发展的源
头。瞿独伊是杨之华之
女、瞿秋白之继女，生父
是衙前农民运动的发起
者、组织者和领导人沈定
一的儿子沈剑龙。瞿秋白
牺牲时，瞿独伊才十四
岁。2021年6月19日，她
获得庆祝中国共产党成
立一百周年"七一勋章"。
这一年，瞿独伊正好一百
岁。她出生于1921年。

半文摄于2021年2月

　　我去采访，穿越一百年的时间和历史，许多的画面、影响、
事件，在此刻重合。

　　有时候，偶然中，有着必然。历史便是如此。我亦是恰好
遇见。我坐在老式的长条课桌前，仰望着黑板上的《劳动歌》，
思绪万千。如今，历经沧桑，剥离了日常教学功能的衙前农村小
学校的前身——沈氏寓所有了新的使命。故居修缮后，改为展览
馆，联合衙前农村小学校旧址，如今已成为重要的爱国主义教育
基地和党史教育基地。每年9月26日，衙前农村小学校的学生们

或手持扫帚，或提桶拿布，打扫旧址。从"劳动＋教育"的结合中，感悟历史，传承精神，珍惜当下的生活。许多其他镇街的党员、师生也过来参观、研学。

正如《劳动歌》所唱的："作工八点钟！休息八点钟！教育八点钟！"

生活、知识、幸福，都需要自己用劳动去创造！

在衙前历届党委、政府的重视下，衙前农村小学校硬件不断完善，2010年8月，整体搬入成虎路111号，下辖三联、明华两所分校并入，规模、硬件、品质进一步提升，学校多次被评为市、区级先进学校，并成为"杭州市爱国主义教育基地"。衙前教育事业亦是不断蓬勃发展，衙前镇中、衙前农小、衙前二小、衙前一幼、衙前二幼，教育体系不断优化完善。

时间不语，却自带力量。那个"世界当中一个小小的学校"，如今，更加紧密地和这个大大的时代、大大的世界联结在了一起，和衙前教育联结在了一起，成为一种向上和向前的不竭动力！

官河水中的衙前岁月

◇郑　刚

　　广袤的萧绍平原，大大小小的河流勾画出一幅鱼米之乡的美丽画卷。处于萧山和绍兴交界处的衙前，它的境内也少不了纵横交错的河道。流动不息的河水，难免让人想象衙前的种种过去。其中，衙前段的官河水最具历史的韵味，官河边的街，官河边的人，官河边的事，给了后人诸多的回味空间。有许多次，我会在某一刻心血来潮，专程去看一看这条被称作官河的萧绍古运河，在河岸走走，体验这段还保留着浓浓古韵的河流之美。

　　2014年6月22日，在联合国教科文组织第38届世界遗产大会上，中国的大运河被列入世界遗产名录，这真是一件令人欣慰的大事。官河作为中国大运河的重要组成部分，从此在河流史上的地位更加耀眼，它将流入更多人的心中。

衙前风云

一

最早知道这条官河是在少年时代，班上有个同学是衙前人，有一年暑假我到他家中做客。他的家就在官河边，吸引我到他家做客的便是他家门前的这条官河。我在这里了一个星期，一半的时间与同学一起泡在河里。我对官河的最初印象只是童年里的一段美好时光，多年以后我才知道，其实，衙前同学家门前的这条河是由古人挖出来的，它与离我家不远的城河属于同一条河流，如果我有足够的力气，可以从城河下水，向东游，一直游到衙前同学家边的河埠。

初冬的一个清晨，又一次路经衙前，驶上翔风桥时，特意停了车，一个人站在桥上，看桥下东逝的官河水。突然觉得，我注视官河的视线有些别扭，过了很长时间才醒悟，原来，站在桥上的我，下意识的俯视不自觉变成了仰视。是的，我本应该仰视河水，脚下这条河曾经托起了古镇的繁荣昌盛，托起了祖祖辈辈衙前人的自豪感，这条河值得我仰视，更值得世界仰视。

清晨的阳光很稚嫩，给这条古老的河披上一层年轻的色彩，带给人一些时光穿越的错觉。今天的空气很洁净，我的视线可以沿着河面走完衙前这一段，一直伸向绍兴钱清的地界，然后消失在很远很远的前方。新鲜的河水有一股清新气息，正缓缓向东流动，这水肯定已经不是昨天的水了，官河的岁月刚刚翻过昨天，迎来自己全新的一天，官河的厚重又多了一层。与不远处的喧嚣不同，这里是相对平静的，平静的河岸，平静的水面，这样的平静代表了一种资深的阅历。千百年的官河不需要华丽，不必要哗众取宠，一切的做作在它的脚下都如浮云般消退，不值一提。从古流到今的官河，该经历的都经历了，该风光的都风光了，某一个无人留意的时刻，它突然平静了，将自己辉煌的往事看得十分淡定，它豁然开朗了。现在，它更多的是以灵魂的形式存在于衙前，冲击着我的心灵。在浩瀚的史册中，衙前官河已经升华为萧然大地上一个固定的感叹号，以静静的姿态，让我们感慨，令我们自豪。

二

从南庄王村流入衙前境内，官河之水穿过新林周桥、宏济桥、新发王桥、凤仪桥、成虎桥、古白鹤桥、永乐桥、翔凤桥，再从明华村出境，与官河七十八点五千米的总流程相比，官河流经衙前段的过程并不漫长，只有区区的九千米，但这九千米官河的每一滴水都不同寻常，它们足以把古镇的日子滋润得浓郁和香醇。

面对这样一条洗涤了无数往事的河流，我的思绪很自然会向后倒退，一直退回到古老的晋代。那时的衙前，随着海水的渐渐远退，凤凰山的周边区域慢慢形成了内陆平原，从远处来这里定居的人口越聚越多，耕稼繁茂，几个村落形成了。这里不但耕种粮食，而且也出现了简单的商业贸易，而当时官河的开凿无疑是这个古镇商业贸易日趋繁荣的必然需求。早先的时候，衙前古镇生产的大米、土布、棉麻、蚕茧、生丝等，都是用船从官河源源不断地向外输送，保证镇上的商业能够不停向外延伸。而官河上的过往船只在衙前靠埠停泊时，劳累的纤夫和漂泊的行客也可以上岸稍做休憩。过客们的来访，促成古镇上的茶馆、酒家、饭庄、客栈、作坊等商业更加兴旺。当时的衙前已是一片繁荣景象，衙前段官河在吴越通衢上扮演了举足轻重的角色，古镇因河而兴，河因古镇而生。

尤如一个人的生命，官河的成长也是一个渐进的过程。西晋永康年间，司空贺循在会稽主持凿渠开通官河，后人又将官河不断扩展，向东延伸，至钱清与西小江汇合，然后到达曹娥江，再与曹娥江以东的运河连接，直达宁波，官河的道路越来越长，最终形成了浙东运河。到了唐朝，官渡、官塘、官站与官河融为一体，官河、官渡、官塘、官站等四项工程均被纳入官办范畴，官河的地位越来越高。

除了水上交通的重要作用，官河的另一大功效无疑就是水利。早在南朝齐永明年间（483—493），官河上就已经建有堰埭，官河具备了初步的蓄水、排水和灌溉的功能。唐代元和十年（815），会稽观察使孟简主持修筑了官塘，并整修了沿塘涵闸，让官河流域数十万亩农田受益。宋政和二年（1112），时任萧山县令杨时主持修筑湘湖时，将湘湖北之浃口穴这座闸与官河相接，形成了"湖河相济，泄溉两宜"的良好局面，官河的水利功能变得更加强大。至明清时，官河水系已建成较为完备的闸坝节制系统，共建有闸或坝二十五座。中华人民共和国成立后，官河的排灌效能被进一步重视，一大批抽水机站和固定机埠沿河建立，电气化的引灌排泄赋予官河水利功能以崭新的形象。

官河是舟楫时代的黄金通道，是传递信件的主要渠道，是古时候政令畅通的重要保障。史志记载，凡省城及京外各省发往宁绍台的公文，均以船代马，由仁和县武林驿递至西兴驿接收后拨夫转递，反之亦然。至清初时，官河上的官船有站船七只、红船四只、中河船四只。每当遇公文传递的任务繁重时，官府也会雇用官河上的民船。而寻常百姓的出行也多靠船只，就连南宋开国皇帝赵构的梓棺船也是通过官河运送到会稽永思陵的。淳熙十四年（1187）时，八十一岁的赵构驾崩西去。赵构死后，其棺木并未立即下葬，直到次年三月，位于都城绍兴府会稽县的永思陵修建完毕后，赵构的梓棺船才被运至会稽。从杭州到绍兴，赵构的棺木先由马车送至钱塘江边，在这里下船后横渡钱塘江抵达对岸的西兴，上岸后，再由马车送行至两三里外的官河埠头，船队从官河的起点西兴启程，经过现在萧山的城厢、衙前和绍兴的钱清、柯桥，最后到达目的地。

三

代代积累形成了官河的人文沉淀，这样一条有文化的河流，当然会留下文人和名人悠悠闲闲或者匆匆忙忙的足迹。鲁迅先生于民国二年（1913）、民国五年（1916）两次从北京回绍兴老家，都曾经在到达杭州后雇舟经官河回到老家。孙中山先生于民国五年（1916）偕随行胡汉民、周佩箴、陈佩忍等人到绍兴，当时也是走鲁迅走的这一条水路。在衙前官河边的新林周村，原先有一座建于宋朝咸淳年间的万柳亭，孙中山经官河赴绍兴时曾经在此登岸，于万柳亭小憩，并即兴题赠。穿越衢前镇而过的官河更见证了中国共产党领导下全国第一次有组织有纲领的现代农民运动全过程，架在官河上的成虎桥、设在官河旁的成虎堂，这些历史的见证者日日夜夜陪伴着先烈的英灵。就像有了红船的嘉兴南湖，这南湖水就不再是普普通通的水了；同样，有了李成虎的衢前官河，这段官河也就不是普普通通的河了。

毫无疑问，所有的好水几乎都与诗人相关，更不必说这样一条游走在鱼米之乡的河流。官河是浙东唐诗之路极其重要的组成部分，诗人们的灵感飘过官河的水面，留下一船又一船的千古佳句。李白、杜甫、贺知章、王维、王勃、王昌龄等，这些名声如雷贯耳的唐代大诗人，他们在入越或离越去别处时，几乎都要坐船经过这条河，面对这样一条河流，当然会诗兴勃发，留下许多赞美的佳句。其实，在唐朝以前，谢灵运、谢惠连、江淹等南朝诗人，就早已在这条河上荡舟吟咏了。唐朝以后，还有陆游等诗人坐船过官河时的赞美诗句。

在离衢前老街不远的河边，可以看到一根石质的中国大运河遗产区界桩，官河的自豪像这根深插在地的石桩一样，已经被固定在世界文化的席位上。不远处，官河一条支流的入口，重建于清光绪年间的古毕公桥旁立着一块长方形的石碑，这是一座被保护的古桥。一根石质界桩和一块石碑像两个卫兵，守望着衢前官河上的文化气息，守望着官河上曾经忙碌的舟船。

衙前的御码头

◇黄建明

绍兴元年正月一日，宋高宗赵构行在越州，大赦改元，曰："绍奕世之宏休，兴百年之丕绪。"绍兴由此而来。绍兴二年（1132），高宗南徙杭州，杭州改称临安。

就在这年，在临安和绍兴的中间地带，开始兴建驿馆。驿馆所处，便是衙前，后逐渐形成集市；船只往来的萧绍运河，此后便称"官河"。

全国各地称"衙前"的地方有很多。萧山在唐朝已有"衙前"的地名，且有军队驻守。衙前的来历，应该与军事驻地衙门有关。

南宋皇帝去绍兴拜祭大禹陵，或祭祀祖宗，必经此地，并在此舍舟登岸，去驿站休憩。登岸的埠头便被雅称为"御码头"，它是皇帝的御用码头。皇帝屡有巡幸，为满足其成员的各种需要，当地百姓在"御码头"附近形成闹市，做些小生意，逐渐形成集镇。

此后，官河里的船多得要命，有的不上岸，直接在船上卖东西。岸上的百姓要什么物品，只要对船家说一声就行。最盛时期，衙前"巷子通巷子，巷子套巷子"，稍不留神，难辨去向，如同进入"祝家庄"的盘陀路，这说法毫不为过。"大米钱清铁衙前，毕公桥下一缭烟"，这句流传于萧山东乡的民谣，充分说明了旧时衙前的盛况。

嘉定十四年（1221），朝廷疏浚萧绍运河西兴至钱清段（衙前老街居其中）。疏浚之后的官河，宽度达到四五十米，运输能力有很大的提升，商贸发达，舟楫往来更加繁忙，东往绍兴，西去钱塘，有大航船、小划船，还有夜航船。晚上，河面上倒映着夜航船的灯光，隐隐约约，闪闪烁烁，宛如流动的璀璨的珍珠，与天上的星星一样好看。在官河南岸老东岳庙（衙前农民协会旧址）前，至今保存着一段四十米左右的古纤道，为浙江省文物保护单位。横跨运河的数座桥梁，则是运河上画龙点睛之处，景色美，故事也多。桥梁的两岸，店铺林立，行人如织，水乡风情十足。对于衙前的繁华程度，有诗为证："锁岸高桥石洞深，山村小市两边陈。"是的，发达的水运，客观上促进了衙前地区的经济发展，也为老街的昌盛提供了实力支撑，加上官办驿站的存在，可以想象，白墙黑瓦，古石板路，红灯笼，乌篷船，一湾碧水绕沃土，与其他江南小镇应该是一模一样。当地有歌谣"游遍天下，及勿来（比不上）衙前湖河（老街）"，可见此地之美。

民国元年（1912），绍兴商人俞襄周等人创办绍萧越安轮船有限公司，于翌年正式开航，此为萧绍运河上首次通行轮船，途经衙前。沈仲清出资建造一个轮船码头供轮船停靠，便于乘客上下。此码头遗址在古毕公桥东二十米处，现已被沿河的小路所覆盖。那时码头非常热闹，码头与老街有一弄堂相通，货物可直接搬往老街的商铺，既方便又省力。码头边有一茶店，店号"衙前茶店"，生意很好，南来北往的客商，经常在这里喝茶休息聊天。这个内河轮船码头与历史上的御码头是否在同一处，已不可考，估计距离不会太远。现在古毕公桥西侧建了一个码头，宽十米左右，有五六级台阶，算是纪念吧！

这一年，孙中山、胡汉民乘越安轮船公司的轮船去绍兴，经过衙前。他们是否像南宋皇帝那般舍舟登岸？是否在热闹的水乡小镇住个一晚？不得而知。

"水不在深，有龙则灵"，这里的"龙"就是南宋皇帝，真龙天子嘛！御码头因南宋皇帝登岸得名，历代沿用。御码头没有台阶，因为官河水位较高，船体停靠埠头时，船面刚好与埠头石板一般高。码头石料是采自绍兴的东湖石做成的条石，非常平整。

衙前老街经改造后，还有一百余米，周边有古迹十几处。"东岳庙""古纤道""农村小学校""古毕公桥""东湖石馆""农运纪念馆"等古迹经逐年修复已初具规模。

这条官河，陆游坐船经过；

这座老街，谢灵运登岸休息过；

而闻名天下的御码头，上上下下，不知接驾过皇帝老儿多少趟，不过都早已在时间的长河中烟消云散。

现在的衙前老街，基本展现了百年前的风貌；现在的御码头，已经变成了条石砌的河道堤岸了，虽然失去了昔日的威严与气派，但潺潺流淌的官河水，见证了衙前曾经的繁华，记住了衙前曾经的光芒。

宋韵里的张夏祭

◇朱华丽

疾风欻然、江潮汹涌，一艘虎头龙船在钱塘江上破浪而行，站于船头的男子眉头紧锁、神情肃穆，正带领众将士巡视钱江海塘……

猎猎风声、滚滚怒涛、萧萧江景，是宋朝狂怒时的钱塘江，令人望而生畏。江水安静下来的时候，水波潋滟，似柔情女子静等远方意中人；癫狂起来便如雷震云端，如山引霜雪。

彼时，民间对潮水的防御还不足，江边百姓不堪其苦，与水斗争，与天斗争，多么渴望出现一个拯救他们的人！那立于船头之人正是因治水有功而被后人尊为张老相公的张夏，两岸老百姓欢呼着迎接他们心中的"神"。

"涛来势转雄，猎猎驾长风。"

风浪声渐渐消隐，江面恢复了往日的平静，虎头龙船、船上的张夏及江边众人定格在北山墙斑驳的壁画上。历经多年，画面已漫漶不清，但黑色的线条，橙色、蓝色、灰色等大胆的着色并未因年久褪去，仍不时注视着钱塘江的浮沉变迁。

2015年夏，为了筹备秋祭活动，张夏行宫进行整修，当时油漆工在粉刷北山墙时，偶然发现有壁画影迹，小心翼翼剥离之后，一整幅彩绘壁画得以重现。

北山墙上清同治年间（1862—1874）绘制的《迎张大帝》，生动地记录了那一天张夏巡视的场景。只是壁画被保护在玻璃罩之后，也不能完全阻隔浸入墙体的湿气对画的腐蚀。怎么保护《迎张大帝》，保护民间对治江英雄的精神传承便是后话了。

张夏，传说为北宋萧山长山乡（今楼塔、河上乡一带）人。其父曾为五代吴越国刑部尚书，以父荫破授郎官，后任泗州（今安徽泗县东南）知州。宋景祐年间（1034—1038），以工部郎中任两浙转运使。张夏在治理江患海塘时，曾以钱塘江堤岸上的"张夏庙"为治理指挥部，俗称行宫。

后来，当地民众为了纪念张夏治水筑塘，于宋仁宗皇祐元年（1049）在此建庙祭祀，故将此庙称为"张夏行宫"或"相公庙"，至今已有九百多年的历史。

去新林周村张夏行宫那日，刚好立春。

立春，是二十四节气之首，岁之轮回，由此伊始。

张夏行宫就在万柳塘边，入口处古万柳塘碑记赫然出现在眼前，想必春天更深些的时节，新林周和吟龙村之间的万棵柳树在风中拂动，绿意盎然，万柳塘的诗意从每一株发芽的柳条上抽将出去。

虽说到了立春，天气还冷得很，适逢下雨，更有沁入肌肤的寒冷。殿外的马路建在海塘上，自然没有生出什么绿意。

待到柳树发芽，宋朝的老百姓自然会想起他们心中的张夏。

新林周村由新林周、东庄王和祥里施三个自然村组成。北宋时，新林周属于萧山县履仁乡。南宋嘉泰《会稽志》载："履仁乡管里七：杨新里、东京里、下浦里、陈墅里、杨东里、杨南里、佳浦里。"

李白向敬亭山行，留下"相看两不厌，只有敬亭山"的诗句。陆游过新林浮桥，作"终身看不厌，岸帻兴悠哉"之叹（《舟中作》）。

思绪翻飞间，雨帘后有人招呼我们过去避雨。

早早在屋檐下等的人正是何凤梅大姐，她戴着一顶灰色帽子，手里拿着一把伞还在往下滴水，见到我们便赶紧迎了上来。

何大姐今年五十七岁，是张夏祭市级非遗传承人。

和我同行的是镇里的同事王益民，很热情，也十分熟悉当地的文化习俗。

记得上一次来已经是六七年前的事了，接待我们的是镇里退休后热心非遗的徐木兴老师，他也是镇志的主编。一旦问起张夏祭，他的精神就格外好，不厌其烦，描述得绘声绘色，让置身于张夏行宫的每一位来访者，都因有了他的叙述而感受到了民俗文化的深邃和浩渺。

何大姐也有这样的特质：热情、朴素。

殿外冷得很，何大姐把我们引入殿内，在并排的两张八仙桌旁坐下，正中间供奉的正是红脸的张夏神像。

话题也从张老相公神像面色开始。

新林周张夏行宫内，张夏脸色为红色，预示救灾情况紧急，他心情焦急；新街长山的张夏寝宫为正常面色；坎山张神殿的神像面色为黑色，坎山是其落水后遗体被军士发现的地方。

殿外的雨越发大了，张夏神像俯视着我们。千百年来，他从凡人到被神化，始终没有离开北海塘。

北海塘，《万历志》载："治北十里曰北海塘，跨由化、里仁诸乡，横亘四十里。由化为龙王塘，东至由夏乡为横塘，为万柳塘，又东至凤仪乡为巨塘，为瓜沥塘。"考其名之由来，因海在县北，故曰北海；筑堤塘以捍海，故又名"捍海塘"。

钱塘江以前坍江是家常便饭，杭州修筑海塘的历史可以追溯到东汉末年华信的土塘，后来又出现了竹笼石塘、柴塘。

张夏曾沿西兴到坎山"作江塘十二里，以防江潮之患"。《临安志》《海塘录·卷二》等载，张夏在六和塔至清江门共十二里首建泥石塘，算得上我们萧山的"大禹"。

如今，依然还可以在部分路段看到直立条石塘，由六面修凿平整的巨型条石叠砌七层而筑成。

张夏行宫，古称护堤侯行宫，建成以来已经历多次重修，现存大殿和二殿重建于清朝同治年间，1968年又拆除戏台和一幢大殿，建成螺山供销社。

这座修筑在北海塘与萧绍古运河夹带的古庙，北面是钱塘江的潮冲潭，只留下原潮水冲击的水面池塘；其南为萧绍古运河；往东一直延伸到绍兴斗门老三江闸的千年北海塘。

民间将张夏列为钱塘江两岸六十四潮神之首，称"总潮神"，上至诸暨、下至绍兴。"沿江十八庙，庙庙供张公"，北宋景祐后，浙江范围内，凡有潮水经过之处的江、塘、桥、闸、堰、坝旁，大多建有与张夏治水有关的"张神殿""靖江殿""镇海殿"等庙宇。

江面平阔，心潮起伏。

屋檐落下的千万条雨水和钱塘江水天相连，历史传说在江面水汽中涌动。

南宋叶绍翁在《四朝闻见录》中提到了一则关于张夏的早期传说。其在两浙路转运使任上，耗费了三年时间组织兵士筑堤御潮，却总是不得要领，修好的江堤不断被潮水冲毁。一气之下，他抱起了自己的书椟投入江中，想要跟神明讨个说法。后来通过托梦的方式，张夏把筑堤的诀窍告诉了自己的继任者，由此钱塘江堤得以筑成而潮水退去。

明末清初萧山籍学者毛奇龄在《西河集》中则记载了张夏的另一则传说，张夏落水后，巨鳌托起张老相公的尸体。

张夏祭是一项市级非物质文化遗产。随着近年来对非遗保护力度的增强，北海塘保护也得以同步，张夏祭越来越被重视，分春、秋两祭，即"春祠秋尝"。

春祭时间在农历三月初六，为张夏神诞之期。秋祭为八月十八，为潮神生日。

祭祀仪式中伴随着会戏、庙会等娱乐活动。张夏行宫南原设有"万年台"，春祭时上三天三夜大戏，新林周村家家户户杀鸡宰鹅，迎接亲朋好友来看戏。戏文节目中必有《目连救母》，台下观众以海塘斜坡为看台。

现在古戏台已经不在了，何大姐略带感伤地说："如果能够恢复古戏台和大殿就好了。"愿望自然是好的，但是现在张夏行宫在北海塘和浙东运河的保护区内，要大动土木也确有些困难。

张夏祭祀之外的重头戏是"迎会"，即江南各地盛行的迎神赛会。

最后一次有记载的是在1953年。

八月十八"迎会"这一天，当地百姓会将张老相公木雕神像从庙中抬出，从新林周张夏行宫开始，一路巡游到沿塘各村，直至坎山。"迎会"队伍一般有几百人之众，基本都是当地百姓。"迎会"中表演形式丰富，"龙灯""高照""鱼灯""马灯""背驴子"等，节目根据情况可多可少。

"迎会"队伍每到一村，要拣准备好的场地开始演出，每个队伍轮流上场，各村都会备有酒肉点心、红包等相赠送。

各地民俗虽相异，但也有很多相似的地方。譬如，萧山南片河上镇从南宋绍兴年间开始，每年都有舞龙灯的习俗，那种龙不是一般的布龙，而是由一张张板凳连接起来的板凳龙，正月十五舞龙灯，正月十七化灯，也是伴随着高照、马灯一起游行，路过家家户户，保佑来年健康平安、风调雨顺。

笔者于去年正月到台州临海旅游，和同来游客趴在城堞上看黄沙狮子表演，这是一种始创于北宋年间的地方传统狮舞，据说从大年三十开始到二月初二这段时间，艺人们要走村串乡地去表演，祈求风调雨顺、五谷丰登，用舞狮消灾祛灾。

游客看到的是狮子在八仙桌上的精彩跳跃，当地老百姓看到的是流传已久的愿望，民俗专家看到的是传统舞蹈背后的民俗学、社会学意义，艺术家看到的是它的艺术表现力。

每个地方的传统民俗、传统舞蹈、传统体育竞技带给人新鲜和震撼的同时，也引导人们触摸历史深处传来的温暖和浑厚，我们信仰和传承的难道不是这些陪伴我们千百年来的精神传递吗？

2015年，张夏祭被列入第六批萧山区非物质文化遗产代表性项目，2022年，张夏祭被列入第七批杭州市非物质文化遗产代表性项目。作为珍贵的非物质文化遗产，张夏的治水精神也在一代代传承中得以延续，不断积淀，内化为更深厚的精神力量。

如果说很多人了解宋韵是从生活之美、审美之韵开始，那么张夏祭的秩序之韵、智识之韵会带领我们开启了解宋韵的另一扇大门。

它如奔涌而来的钱江般磅礴而有力。

张夏以前人之鉴造新法，首创江堤土塘改建为石塘，推广到各地，在钱塘江乃至全国各处的江海堤塘建筑史上具有重大意义。他救百姓于危亡，与百姓勠力同心，无畏艰难、勇于创新的治水精神不断传承，蓬勃的精神力量，不仅是宋韵文化在萧山本土的重要体现，更是现代萧山"潮文化"的独特表达。

民俗，以一场最朴素的仪式，完成了历史的回望，而我们在虔诚的静默中更笃定心间的坚守！

心系那片山河

◇木　瓜

三十年前，我初次踏足衙前这片土地，首先见到的，是萧绍平原的辽阔平坦，还有江南水乡的古朴恬静。

记得，那一次去衙前，走的是水路。官河，清流缓缓，昼夜不息，出城后蜿蜒向东，二十余里，就到了衙前。两岸是一眼望不到头的农田，绿树掩映的村庄散落其间，袅袅炊烟，鸡犬相闻；官河中船来船往，河汊沟渠纵横……

官河，又被称为浙东运河、西兴运河、杭甬运河、萧绍运河，在萧山城区有一段叫城河。浙东运河，起源可追溯到春秋晚期，经过历朝历代的整治和疏浚，形成了集灌溉、防洪、运输多种功能于一体的水上大动脉。隋唐时期，浙东运河与京杭大运河相互沟通，浙东地区的物资通过钱塘江转运至京杭大运河，然后再运去北方。两宋时，国家的经济重心南移，运河地位突显，成为通江达海的黄金水道。所谓舟楫辐辏，客货运输，昼夜不绝，正是那个时期的真实写照。至清末,海运兴起,杭甬铁路开通,运河的重要性已渐渐失去,逐渐被边缘化。萧山段官河,始修于西晋永康年间,由司空贺循在会稽主持凿渠,起始于西兴,全长二十一点六千米,西与湘湖、白马湖、小砾山输水河相连,南与南门江、西小江相通,官河流到衙前后,进入绍兴钱清与西小江汇合。2014年6月22日,包括浙东运河在内的中国大运河项目,成功入选世界文化遗产名录。

紧依运河一侧,有一条石板小路,自西兴起,连绵百余里,自古以来,百姓习惯叫它纤道。纤道,建成已有一千七百多年的历史,它选用青条石和青石板铺筑,或铺于堤岸,或建于桥下,或飞架水上;纤道,时左时右,迂回曲折,顺着水流一直通向远方,西兴、北干、城厢、新塘、衙前、钱清、柯桥……纤道,被时光和纤夫的双足打磨得光滑起亮,每一块石板上都留下了纤夫们的辛酸血泪。"白玉长堤路,乌篷小画船",清代诗人齐召南,曾用这首诗来形容浙东运河古纤道的景色。那一天,出于好奇,我走下机帆船,沿着古纤道走了好久。途中,遇见了花开,遇见了从前的光景,遇见了风在追赶春天的脚步。

雨后的乡野,烟云忽浓忽淡,农舍若隐若现,阳光好像刚刚被雨水洗过,在天地间浮动。微风吹过,油菜花来回摇摆,田野里飘荡着缕缕清香,那是春的信息,那是在乡村才能感受到的大自然传递出来的气息。纤道旁簇拥着野花野草,青苔点缀其间,拂岸杨柳潇洒清秀,水波涟漪泛起绿皱。河水清清,没有起起落落的喧嚣与浮躁,河上的橹声桨影,让人看到了运河的千年侧影,看到了时光流逝的痕迹,曾经负载的繁华和苍凉,早已随着机帆船的轰鸣声，湮灭在了历史的尘烟之中。

水是衙前流动的血脉。再次登岸，已来到了衙前的老街。老街长百十来米，依水而建，活生生江南水乡的底色。一座圆洞石拱桥，古毕公桥，重建于清光绪年间（1875—1908），它连接东西两头街巷，弯弯石板路的两旁，是砖木结构的两层楼，老旧店屋，粉墙黛瓦，檐牙相啄，枕河人家，错落有致，小桥流水，墨色古韵，街上人来人往，忙忙碌碌。石驳坎、船埠头、廊檐下、排门板、小弄堂、青石板、老台门、古庙宇、矮平房、茅草屋，烟火气息，物我融合，这与我印象中的水乡小镇没有多大区别。当听说，官河旁有一座东岳庙，与萧山城西"浙东第一"的老岳庙同出一宗，都是南宋初年赵宋皇室的家庙，便一时兴起，沿河岸一路寻了过去。岂不知，那时候正是亦新亦旧的时光，始建于南宋的古庙，坐南朝北，门临官河，大门紧闭，从外观来看，早已破败不堪。一名在船埠头洗衣的妇人告诉我，东岳庙香火已断了有二十多年，后殿与神像已毁，现只存前殿这座建于明末清初的古建筑。此情此景，令人唏嘘不已。

衙前，是一个被自然恩赐、人文润泽的小镇，一条官河贯穿了全境。衙前与萧山城区并不挨着，它紧贴着绍兴钱清，老百姓的生活习俗、说话语气，不同程度地受到了绍兴文化的浸染。只要你在街上走上一圈，听到的全都是带有绍兴口音的方言。

从那天开始，我与衙前结上了缘，被派往那里筹建新光发电厂。衙前，自古为吴越通衢，兵家必争之地，具有深厚的历史文化底蕴。近百年来，衙前始终走在革命洪流的前头，她是中国共产党领导下的第一次农民运动的发祥地。那几年，我结识了不少优秀的企业家，了解了当地的革命历史，同时也见证了衢前经济的腾飞过程。

登凤凰山，纯属偶然。年前去衢前参加一场婚礼，趁时间尚早，于是径自一个人徒步上山。凤凰山，窖藏着衢前千百年来的历史、人文与清丽的风景，山并不高，海拔仅九十余米，因山形似一只伏地的凤凰而得名。它位于衢前老街的北面，过了官河，行百十来米，走过"衢前农民运动纪念馆""杨之华纪念馆""李成虎烈士墓"，就到了那条登山游步道。虽说已入寒冬，凤凰山依旧满目青翠。忽然间，一阵穿林山风吹来，山坡上密集交叉的松针樟叶发出了沙沙声响。行至山腰，见有一堆嶙峋怪石，十数根多边形有棱有角粗大的石柱，或竖立，或横卧，或侧斜，或尖尖的脑袋钻出泥土。我猜想着，几千万年前，这一带应该还是大海，由于海底火山喷发，一股玄武岩熔岩涌出海面，冷却后形成许多垂直的纹理，形成参差错落的梯级表面，形成了我们今天所看到的凤凰山山体。就如同北爱尔兰巨人堤道的多边形石柱，如同象山花岙岛海上石林的柱状节理石柱，凤凰山上的石柱也同样是一道不可多得的风景。转过一硕大的石壁，登铁梯，攀悬崖，沿石阶七拐八弯，绕着山形蜿蜒盘旋。山顶，乱峰出没，崖岸壁立，近旁突兀耸立一巨大岩柱，气韵苍古，纹理丰富，似人似神。这应该就是传说中的上红下绿，阴雨天望之，俨如妇女形的"望夫石"。传说故事中还写道：其夫出征溺于海，她登山瞻忆，因化为石。明朝徐渭《望夫石》可以为证：

海天万里渺无穷，秋草春花插鬓红。

自送夫君出门去，一生长立月明中。

　　站在山冈上，举目四望，山河远阔，横无际涯。看往北方，凤凰山与赭山遥遥相望，两山间，千百年前曾经是江海汇流，潮水汹涌；后来，岁月变迁，钱塘江改道，那儿又成了沙地连绵，茫茫苍苍；而如今，沧海桑田，那里已是一幅腾飞的画面。转过身，山南同样是一片大好河山。冬日里的凤凰山，并不寂寞，月白风清，山衔寒色，交织出自然与人文的和谐气氛；江水蜿蜒，百舸争流，西小江两岸，田园风光，气序和畅；大螺山，云深野寺少人过，一曲清江抱翠螺；古运河，轻轻的一笔，勾勒出萧绍平原山水画卷的线条与色彩；而那条临河的老街，依然流淌着农耕文明的印记，集聚了原生和质朴的水乡风情。

　　时光匆匆，距离初次踏足衙前，已过去了三十年，然而此间的一草一木，一风一露，依旧让人心系、想念。

也可立成高山

——记衙前女性

◇莫　莫

萧山中部东端有衙前镇，"军衙建近山，以便指挥"，因辖区位于大衙之前而得名。读此名时，总觉其有抗争争取、保卫守护的意味。结合萧山衙前的地域特色，水有西小江清澈蜿蜒、官河大气横贯，山有凤凰山于东北盘卧，葱茏翁郁，衙前女性的特点里，皆有既柔软又坚硬的性格，既有如山的巍峨，又有如水的温婉。

我们因之理解衙前女性中的典范，杨之华、瞿独伊们，立在千千万万女性同胞前面，拥有独立女性精神，一生崇尚正直与自由。她们如水般一生流淌，也能把自己瘦小的身板立成一座高山。我们也因此悟出：女性之手，除了用于旧时代挑花择菜，照顾家眷，也可扬起怒眉，捏紧拳头，剑指苍天追问人世不公。

1919年五四运动爆发时，杨之华正在浙江女子师范学校学习，她被这股从北京冲来的爱国热潮点燃。一个女子，出生于20

世纪初的封建大家庭，从封建思想教育和传统生活习俗里出走，能勇敢地争取读书人的身份，本身必是个个性鲜明的人物。一个从小喜欢花木兰和秋瑾的姑娘，大胆而倔强，她努力改变自己幼年的生长环境，有勇气和机会把从小冒出的英雄主义和自由精神逐一点亮。

红色种子一旦在松软的植被下接受更充足雨水的滋润，就会破土长出参天大树。从一个小女子长成参天大树，除了新知识新思想的洗涤催化，她刻在骨子里的反抗精神和自由思想也在频频为她呐喊助威。

离开凤凰山和西小江，她去到更广阔的世界中。在五四运动的影响下，阅读进步书籍，和志同道合的伙伴一起追求自由和民主。在更广阔的世界伸展开触角，认真学习书写"人"字的一撇一捺。她回到家乡，参与创办萧山区衙前农村小学校，去上海加入青年团，参加萧山早期农民运动，就是在人的"根脉"上广施先进思想的肥料。

生动且活跃，勇敢且坚强，她做自己且教别人要做更好的自己。她教育女子要独立自主有思想，鼓励女子"立起来"，让女子打好以"人"存世的基底。

是什么样的土地，培育出这样生动的杨之华？什么样的山川河流自然风光，熏陶出杨之华这样不拘一格、洒脱自信的性情？什么样的天时地利人和，成就了她一生的坚定抉择和离奇际遇？她作为女性，大步跨过旧社会为女人扎紧的篱笆，跨出圈禁和束缚女性的牢笼，强烈地争取新的生活，渴望开辟新的天地，翻山越海勇敢地走出去。

　　回头去看身处那个时代的杨之华，作为一名追求精神独立人生自由的新女性，她对爱情也有着超脱常人的觉悟和追求。她嫁给青梅竹马的沈剑龙，婚后育一女。沈剑龙是沈定一的儿子，杨沈两家在当地均为大户人家，渊源颇深，世家联姻兼儿女情意，原本是一桩美事。

　　但随着与沈剑龙婚姻生活的深入，她发现二人志趣各异，越来越多的矛盾分歧让杨之华清醒地意识到两人的不合适。同行的人渐渐分道而行。后来杨之华在上海大学遇见了瞿秋白，一个命中注定要与她两情相悦的人。于是，所有的偶然变成了必然，她用坚决书写出一段被后人搬上荧幕的关于解脱和成全的爱情故事。

　　感情的事外人很难评判，但我们惯以结局认定。"秋之白华"成为一个完美的爱情故事。杨之华的风姿和瞿秋白的人品，加上沈剑龙的通达，让他在婚姻上释然"让贤"，成全了瞿杨之恋。

　　上海《民国日报》刊登三则启事：第一，沈剑龙和杨之华离婚；第二，瞿秋白与杨之华结婚；第三，瞿秋白和沈剑龙结为好友。据传，后来沈剑龙还参加了瞿杨两人的婚礼并衷心送上贺礼。这样和谐的婚姻恋爱处理方式古今罕见，也一度被传为佳话。

　　在杨之华这样的奇女子身上发生这样的事情，让人只觉理所当然。一个优秀的女子，一个灵魂带着香气的女子，必定吸引优秀男人的目光。杨之华遵从自己内心的真实需求，做出放下沈剑龙与瞿秋白在一起的选择，在当时算得上做了件惊世骇俗的大事。但她无惧世人目光，勇敢地追寻内心的真实需求，以直白坦荡换取真挚理解。一个真实的人遇见更多真实的人，皆来源于他们之间灵魂的深度吸引，皆来源于江湖侠客之间的惺惺相惜。

血脉传承，红色基因赓续，杨之华与沈剑龙的女儿瞿独伊，也是优秀女性的杰出代表。瞿独伊，原名沈晓光，"七一勋章"获得者，与党同龄，以百岁长寿见证了中国共产党百年的奋斗史。取名独伊，是杨之华在表达"只生一个，决不再生"的决心。这颗掌上明珠，三岁时随母再嫁，在继父瞿秋白那里也获得了独宠，所以在她的记忆里，自己就是瞿秋白之女。

她是"好爸爸"瞿秋白的"小独伊"，接受他温和慈祥的父爱。从小在父母红色革命思想熏陶下的瞿独伊，早早建立了顽强独立的品格，她有宏大的世界观人生观，有强烈的爱国主义思想。她是个再普通不过的孩子，也有在父母怀里撒娇的欲望，但作为杨之华和瞿秋白的孩子，她注定会拥有一段不平凡的人生。

六岁后，瞿独伊跟着去了莫斯科，与父母一起在那里度过了一段无限温暖和快乐的童年生活。他们一起去森林里采蘑菇、画图折纸，瞿秋白会为瞿独伊拉雪车，假装摔哭逗她开心，像这世界上任何一对相亲相爱的父女一样。被爱的孩子总是更乐观开朗，具有安全感。中共六大在莫斯科郊区一座别墅里举行，休会时，天真活泼的瞿独伊会去给那些代表唱歌跳舞，大家都很喜欢这个可爱外向的小姑娘。

为了配合父母的革命工作，小小的姑娘待过孤儿院，和流浪儿童做伴；住过森林儿童院，被剃了难看的光头；年仅九岁，就一个人留在了莫斯科国际儿童院，被匆匆回国的父母委托给俄籍友人照顾。难以想象瞿独伊那些孤独的童年岁月，她要怎样坚强才能忍受独行异国的生活，怎样通透明净才能理解父母大公无私的付出而不去埋怨。

童年的幸福或辛苦，作为孩子的瞿独伊没有选择权，但刻进骨子里的坚毅让她咬牙坚持，骨子里的纯朴让她坦然接受命运的安排。

瞿秋白牺牲，杨之华蒙冤，不幸的事情一件接着一件，像雪球一般砸向柔弱的瞿独伊。她挺胸扛下了所有。为了安慰杨之华，她唱起《儿童进行曲》给母亲鼓劲，悲惨的时光在她的努力下慢慢过去，只余下回忆深处抹不掉的印迹。红色革命造就的小战士，勇敢地向命运发起了挑战。

苏德战争爆发后，瞿独伊在新疆被地方军阀盛世才逮捕入狱。没有因身在狱中而丧失对生活的希望，相反，她对生活投入了更积极的态度和信心，教授俄文，学习中文，收获友情，遇见爱情。更重要的是，因为亲身经历对敌斗争，在无数死亡和疼痛的领悟中，她的思想境界得到了一重又一重的提升，她也懂得了更多的革命道理，把自己的生命成长和革命延续融合到了一起。

"信是明年春再来，应有香如故。"等待春天，隐忍的花苞在冰雪之后完美绽放。开国大典举行时，瞿独伊为苏联文化友好代表团团长法捷耶夫一行当翻译。当时，瞿独伊还用俄文广播了毛泽东主席宣读的《中华人民共和国中央人民政府公告》。独伊想尽办法为她的"好爸爸"平反，用自己的方式纪念瞿秋白和杨之华，她怀念他们，以自己百年的长寿经历，代替父母在他们创造的新世界里幸福又自豪地走了一圈，活了一回。

这样独特的女性，杨之华、瞿独伊们，在衙前这片红色土地上太多太多了。她们有女子天生的温婉善良，对生活充满积极的憧憬，对人世弱小保持最大的善意，但骨子里带着的独立自主、顽强拼搏的基因，又催发着她们向命运不公挑战的勇气。

崭新的时代，衙前女性撑起了半边天。在衙前农民运动纪念馆召开"三八"国际劳动妇女节的同时，一个叫"衙前华姐"的志愿者品牌也同时发布。这代表着优秀的衙前女性被政府和社会各界的极大认可，是衙前女性对所处时代的最佳献礼。

她们中有成功做企业引领经济发展的企业家，有和谐家庭氛围打造家风文明的家庭主妇，有积极投身女性思想解放的妇女代表。无论在哪一块领域，她们都能拥有独立女性精神，崇尚正直与自由。而女性能有更多机会认识自我超越自我，把自己立成一座高山，也是时代进步的巨大体现。

红色衙前清清官河水

◇陈　雄

　　衙前是红色的。凤凰山脚下的李成虎烈士墓向每一个瞻仰者叙述着这一切，衙前农民运动纪念馆的每一件珍贵遗物又详细地记录着一切。成虎桥边石坊柱子上"中国革命史上的农人这位要推第一个；四山乱葬堆里之坟墓此外更无第二支"的楹联更是佐证着这一切。

　　这里叙述着在一百年前发生过的衙前农民自发斗争的一段段历史和一个个故事。

　　1921年的六七月间，水田里稻浪翻滚，收割在望。但骤然间连日暴雨让萧山、绍兴一带的农田都成了汪洋，暴涨的河水淹没了稻田。此时正是开镰收割前的搁田时刻，不及时排水就会烂谷子。要保住庄稼，就必须迅速排水入河。但河中一排排用于养鱼的竹箔阻挡了水流，严重影响了稻田排水的速度。心急如焚的农民要求拔去竹箔排水保庄稼，却遭到占据河流养鱼的地主豪绅的竭力阻拦。这些地主豪绅与官府勾结，强行霸占水域，只顾自己的利益，不管农民的死活。地主豪绅的恶劣行为激怒了李成虎，他率受灾农民，向绍兴县知事严词责问："吃鱼要紧？吃饭要紧？"知事无言以对。在群众的压力下，竹箔被拔去，河水终于畅流。

萧绍运河是流经萧、绍两县的官河，这里河阔水深，草肥水清，盛产鱼虾，但这里的养鱼权却长期被绍兴县的官绅把持。当地的农民心有不平但又不敢和官府斗，心里的怨愤只能埋在肚子里。一天，李成虎等获知绍兴县知事到官河的西小江等河段察看鱼塘，立即带领乡亲们分水、陆两路赶到现场，团团围住了县知事要讨个公道。农民们面对面同知事展开说理斗争："既是公河，为啥不准萧山农民养鱼、捕鱼？"理屈词穷的县知事不得不写下字据，从此允许萧山农民在官河一带养鱼捕捞。

这些保卫自身权益的斗争连续取得胜利，使广大贫苦农民看到了团结战斗的力量，鼓舞了斗争的勇气和信心。李成虎也成了善于组织斗争的"虎将"，受到大家的拥护，团结在他周围的农民们，接受了沈定一的建议，开始秘密串联、酝酿并于当年9月组织成立了衙前农民协会。从此，浙东农民运动在萧绍地区轰轰烈烈地开展起来。衙前农民运动被载入中国农民运动史册，是在中国共产党影响之下最早的农民运动。但1921年12月，衙前农民运动遭到国民政府的血腥镇压，李成虎被捕入狱，在狱中经受了严刑拷打和凌辱，1922年1月24日下午2时，李成虎被凌虐致死，终年六十八岁。

一个春光明媚的周末，我有幸踏上衙前这块萧山经济发展排头兵的热土，再次瞻仰李成虎烈士墓，再次聆听中国第一个农民运动的故事。衙前，我是熟悉的，这里曾有过我的足迹，有过我求学的身影。

20世纪70年代末至80年代初，我曾经是坐落于凤凰山脚下的衙前中学的一名寒窗苦读的学生，跳出农门是我们大部分学子最大的梦想。当时的衙前中学校园除了一面背靠凤凰山，其余三面农田环绕，从校园的南大门出去是一条细石铺成的乡村大路，往右走一二百米就是东西贯通的官河，翻过架在官河上的成虎桥再走五十米，就能走到萧绍公路。到萧山、绍兴的公交车站就在这里，到了周末这里就拥挤不堪，但这是我们回家的起点。出大门左转是到坎山到瓜沥到目前已经很有点名气的大江东最重要的交通要道，那些坐了公交车要往这个方向回家的学生依然要经过学校的大门前。

学校的生活是极度单调乏味的。爬凤凰山经常是学校户外活动和体育课的一项主要内容，但晨起的早跑则在出门右转的道路上，连绵的队伍跑过成虎桥到连接萧绍公路的T形接口便折返。因此三年的校园生活，我们不知多少次踏上过成虎桥，而对成虎桥下的官河，更有一种特别的情感。

因为出于对湖对水乡的情感，课外的时间，下午的课后活动、夏日晚饭后的黄昏或者周末留校的日子，我都会拿一本书步出校外，在官河畔的田野里漫步。说是看书其实内容看得很少，更多的时候是坐在河边发呆。河道很宽，河道两侧是低矮的水杨柳，杨柳的最大用处就是保护河岸，盛夏农作的时候，也是农民歇脚休憩的地方。河里的水由西往东慢慢流淌，清澈的河水照得见人的影子，也是那种随手捧起就能够畅饮的碧绿。河水平静的时候，冷不丁会有鲢鱼、鲤鱼跃出水面，在河面产生一圈圈涟漪。岸边有一丛丛的花生草又叫革命草，突然之间会发出哗啦啦的响声，那是以草为食的草鱼在觅食，或者是鱼中霸王黑鱼在追逐小鱼。很多时候这里布满来往的船只，有捕鱼摸虾的，有运肥装物的，也有往返内地和围垦的机拖船，一切对我来说是那么的熟悉和亲切。

星期天的下午，学校是不上课的，但我也看不进书，于是便又去了常去的官河边。发了一会儿呆以后，看见不远处有一条小木船漂在水上，船上没有人，但在河里有一个人头在慢慢移动，一会儿潜入水中，起来的时候手中必有一物，或鱼或河蚌一类，然后靠近一侧船帮，把手中的收获扔进船里。我感觉这个人定是我家乡湖头陈人，于是便走近，果然是自己的本家邻居永富。一声招呼，心中有万分的亲切，在离家三四十里的他乡，能在这样一个特别的地方相遇实在是一种别样的幸福。永富告诉我，老家的很多人在这一带的水域打鱼摸虾耙螺蛳，说这里的水质好，鱼虾螺蛳也比其他地方丰富且品质好。

于是我便常常在这里张望家乡的人，只要他们的船只在河面划过，河面上便会飘过我们亲切的问候。那时我就知道，这有着清清河水的官河，连着我的家乡，连着我的亲人。

但曾几何时，官河一度失去了她最清纯的容颜和美丽。

官河是衙前的母亲河，在衙前境内蜿蜒流淌的有八千四百米，西起新塘街道娄下陈东至杭甬运河西小江，共有十四条支流，穿经南庄王、新林周、吟龙、衙前、项漾、凤凰、古毕公桥、四翔和明华共九个行政村、社区。这里多少辈的人喝着官河水长大，官河水灌溉着农田培育了庄稼，又有多少人从这里走出，走向一个个精彩的世界。但是，这条曾经流水清清船运繁忙的官河，却一度生病了，她急切地须要救治，她也关乎衙前百姓的生存健康。

于是，官河治理的一场硬仗在衙前全面打响。

衙前镇全镇上下以铁军精神挺进官河，对于官河两边大量违建房屋和乱排乱放的企业，"拆"字当头，启动了清除违建的行动，以铁腕手段重点治理乱排乱放现象，做好周边企业污水管网的纳管和垃圾房的建设及垃圾处理工作。在严控生活污水排入官河的同时，衙前镇将官河治理的另一个重点放在河道清淤和清水引流上。

通过前后两次的清淤，清除河道淤泥十万多方，官河衙前段的水深达到二点五米。同时，西小江的清水也源源不断地被引入官河，官河重新开始出现河水清清的场景。

沐浴着和煦的春光，漫步在整治一新的官河游步道，宽达十五米的景观带上，一片青葱之中，繁花似锦，姹紫嫣红。城市化的推进，让官河两岸有了现代化的节奏。清清官河水潺潺流淌，河上虽然小船来往依旧，但已不再是我四十年前见到的模样，她焕发着另外一种美丽。随着治理的进一步推进和两岸建设的不断加强，衙前官河一定会变得更加靓丽动人。

"官河撑起乌篷船"的观光美景，"我家住在官河边"的美好愿望，在成虎桥头，这美好梦想已成为现实。

衙前民企

——敢争先，立潮头

◇陈于晓

　　衙前是农民运动圣地，薪火相传，在农民运动精神的激励下，生活在这片土地上的人们，在骨子里就有着一种"敢为人先，勇立潮头"的精神。多年以前的衙前镇，曾经是许多人口中的"穷地方"。春江水暖，跟萧山别的地方一样，在党的十一届三中全会以后，由于实行了家庭联产承包责任制，从土地的束缚中解放出来的农民，纷纷从事起二、三产业。在改革开放春风的吹拂下，衙前涌现出一大批"喜奔竞，善商贾"的能人，民营经济在时代的大潮中应运而生。

　　就地域面积而言，衙前是萧山区最小的镇街之一，不足全区的五十分之一，近年来，却贡献出了全区五分之一的工业产值。衙前是浙江省经济强镇，全国综合实力千强镇，是萧山乃至浙江省的民营经济大镇。浙江恒逸集团和浙江东南网架集团，是衙前民营企业的两张金名片，分别代表着衙前的化纤纺织和钢构网架两大支柱产业。

在萧山区民企中首屈一指的浙江恒逸集团，是一家专门从事石油化工与化纤原料生产的现代大型民营企业，总资产超过一千二百亿元，2020年首次跻身中国企业五百强前一百名，连续十六年名列中国民营企业五百强前五十位，2021年首次荣登《财富》世界五百强第三百零九位。

提及浙江恒逸集团，我们很容易就想到了"一带一路"的重点项目——恒逸文莱炼化项目，这是浙江恒逸集团在文莱大摩拉岛投资建设的千万吨级海外大型炼化一体项目，其中一期项目已于2019年11月全面建成投产，彻底打通了全产业链一体化经营的"最后一千米"。这一项目，被誉为中国和文莱两国旗舰合作项目，是第一个从设计、制造、运营全面执行中国标准的海外石化项目，工程的每一个细节都体现了"中国标准"和"中国品质"，依靠实力和汗水，恒逸人写下了"一带一路"建设的华章。

审时度势，"敢抢潮头鱼，敢喝头口水"，可以说是衢前以及我们萧山的民营企业，能够快速壮大和持续发展的"秘诀"。除了恒逸文莱炼化项目，在浙江恒逸集团的发展史上还有过许多"创举"。比如，浙江恒逸集团在全国民企中，率先成功涉足了聚酯熔体直纺和PTA（对苯二甲酸）项目，集团与中国石化共建的己内酰胺项目，被赞誉为混合所有制改革的样板等。目前，浙江恒逸集团已形成富有竞争力的涤锦"双纶"驱动模式和"柱状"产业结构，成为全球最大的PTA–聚酯和己内酰胺–锦纶双产业链化纤生产商。

"敢与强的比、敢同勇的争、敢向高的攀、敢跟快的赛"，这是从萧山民企的发展履历中，总结出来的"四敢精神"。这"四敢精神"，也是许多衙前民企发展的生动写照。

2007年，国家天文台要建五百米口径的射电望远镜，这一望远镜的反射面背架是索网结构。在当时参与竞争的单位中，衙前镇的浙江东南网架集团是唯一一家民营企业，其余都是实力雄厚、技术领先、发展强劲的央企。面对竞争强手，浙江东南网架集团没有退缩，他们经过分析，相信自己能行。为此，浙江东南网架集团组织了几十人的攻关团队，夜以继日，用了近十年时间，配合业主单位研发创新，首创了高精度铝合金网架结构，研发了智能化高精度数字摄影测量技术，将安装精度控制在了两毫米以内。凭着十年专心致志磨成的一"剑"，浙江东南网架集团最终以高分中标，为中国"天眼"的建设做出了贡献。

发展永不停步，浙江东南网架集团一路留下了闪光的"足迹"。国家游泳中心"水立方"、广州电视塔"小蛮腰"、杭州奥体博览中心主体育场、哥斯达黎加国家体育场、委内瑞拉国家会议中心等国内外标志性工程，都是浙江东南网架集团的"杰作"。多年来，浙江东南网架集团的"作品"，已荣获鲁班奖、詹天佑奖、国家优质工程奖等三百多个奖项。如今的浙江东南网架集团，已成为一家大型多元化高新技术企业集团，集团以建筑钢结构为主，涵盖了大健康、新能源、房地产、新材料、贸易和投资等多个领域，连续十多年蝉联中国民营企业五百强、中国制造业企业五百强、中国建筑业企业五百强。

与同时代的许多民企一样，衙前的民营企业，大多起步于改革开放初期。许多民企是从"一穷二白"开始创业的。1986年，浙江东南网架集团的创始人郭明明，时任萧山蜗轮箱厂厂长。那时，网架这一新型建筑空间结构已经引入中国，但国内与网架相关的企业寥寥无几。为了打开网架的市场，郭明明自己做推销员。在很长一段时间里，郭明明走南闯北，风餐露宿，常常出差途中，吃的是盒饭，睡的是地板。当时，郭明明还与浙江大学土木工程系建立了长期的校企合作关系，以浙江大学的技术为依托，保障了工程的技术含量。经过持续不懈的努力，1988年，浙江东南网架集团终于中标了深圳机场项目，接到了真正意义上的大网架工程。

浙江恒逸集团的前身，是创办于1974年的萧山县衙前公社针织厂。与萧山各地一样，衙前的民企起点并不高，大多是从"小作坊"起家的。创业的艰辛，与早年萧山人的挑围垦，有着很多相似之处。"走遍千山万水，说尽千言万语，想尽千方百计，吃尽千辛万苦"，民营企业家一个个创业的"神话"，就是由这"四千"精神书写下的。这"四千"精神，后来被提炼成一种"艰苦创业"的精神，而这样的精神是浸润在民企人骨子里的。

浙江恒逸集团董事长邱建林表示，要做改革创新的忠实践行者，负重奋进，一往无前，恒逸要"建百年长青基业，立世界名企之林"。浙江东南网架集团创始人郭明明说，一辈子就做一件事，坚守光荣与梦想，把企业做成"百年老店"。

作为衙前民企的佼佼者，浙江恒逸集团和浙江东南网架集团的发展，为衙前民营经济的腾飞，插上了强有力的翅膀。在地域面积只有十七点九二平方千米的衙前，聚集了非公企业五百余家，其中，世界五百强企业一家、全国五百强企业一家、全国民营企业五百强三家，两家企业成功取得国家级企业技术中心和国家级博士后科研工作站。衙前镇还获得了"中国化纤名镇""国家钢结构产业化基地"等美誉。

除了浙江恒逸集团和浙江东南网架集团，兴惠化纤集团也已连续多年入围中国民营企业五百强、中国民营制造业企业五百强。始创于1989年的兴惠化纤集团，是一家集化纤、织造于一体的综合性大型民营企业，主营各类涤纶丝、氨纶弹力丝和各档服装面料，辅以房地产开发、商业贸易等产业。

2002年12月，中国纺织工业协会在北京人民大会堂举行全国纺织产业基地、中国纺织化纤名镇命名会，当时听上去并不怎么出名的衙前镇，一下子吸引了全国的目光，在会上，衙前被命名为"中国化纤名镇"。

20世纪80年代前后，依托地处萧绍交界的区位优势，衙前民营经济异军突起，不少农村能人响应时代的召唤，在这里白手起家，凭着吃苦耐劳和敢闯敢拼的精神，在改革开放的滚滚大潮中，敢于担当，敢于作为，闯出了一番崭新的天地。

萧明线是一条东西走向的交通要道，贯穿了整个衙前。在萧明线上行走，可以看到衙前民营经济发展所呈现出的蒸蒸日上的画卷。这里，现代化的厂房和办公楼鳞次栉比，被称为衙前的"十八里经济长廊"。这里是杭州和绍兴两地经济融合的桥头堡，以"十八里经济长廊"为核心，辐射向四面八方。

近年来，衙前镇则依托"链主"企业多、在外投资多等优势，持续做好服务企业、集聚要素、建设平台等文章，不断加快总部企业藤蔓延伸、总部经济回归落地，推动形成"地瓜经济"

理论在衙前的生动实践。

这些年，衙前镇环橙国际科创中心、丝路智谷、项漾小微产业园等五大产业园区的建设得到了大力推进，依据"边建设、边招商"的发展模式，吸引跨链型、节点型、生态型企业入驻。同时，镇村所成立的乡贤联谊会，不断汇聚新乡贤的力量，发挥新乡贤的作用，持续推动"项目回归、资金回流、技术回援、人才回乡"。

百年以前，发生在衙前大地上的那一场轰轰烈烈的农民运动，让"敢为人先、永不满足"的农民运动精神，镌刻进了衙前人的基因。改革开放的大潮，又造就了一大批"敢争先，立潮头"的衙前人，在他们的努力下，衙前的民营经济，由小变大，由弱变强，探索出民营经济发展的"衙前模式"，让衙前成为远近闻名的民营经济强镇。

永不满足、奋勇争先、创业创新、勇立潮头的衙前民营企业，将不断做大做强，为衙前民营经济新一轮的发展，谱写下浓墨重彩的篇章。

河流经过处

◇陈利萍

人与人、人与事物之间应该是有密码的，否则怎会有"似曾相识"和"一见如故"？又怎会有无法解释但痴执不息的场域"既视感"？

他们说这叫官河，是衙前人最珍爱的地方。现在，我站在这里，当一面碧水在冬日下闪着亘古不变的波光，当岸边的垂柳枯枝拂动我记忆的最深处——童年，这一生都取之不尽的宝藏之盒瞬间打开——我来过这里！我来过这里！

四五十年前，有一艘客船朝出暮归地行进着。从绍兴西郭门外出发，经大江大河终抵萧山大镇"小上海"临浦，一路套缆绳上码头解缆绳离码头。那么多的人上上下下，那么多的船上好风光好时光，如今的我却只依稀记得这几个码头站名：城北桥、柯桥、江桥、钱清、姚家坂、所前、白鹿塘……

而衙前，则是我在幼年时最不经意地走进的地方，像被一个美好温暖的女人牵引。我记得她是我弟弟的干妈，钱清人，据说因为属相吻合可以庇佑弟弟一生平安。事实上，她反而更多地与我接触，许是弟弟太过年幼。只记得她高高的个子，不胖不瘦的身材，应该在三十岁上下，好像还烫着头发，至于面容，我全然记不清了。

是她早早等在钱清码头，在我父亲的客船靠岸后短短的十分钟里牵着我的小手飞奔去供销社小店买"寸管糖、大大泡泡糖、桃酥饼、咸金枣……"这类零食小吃，又一路飞奔着送我回船。她总是一只手拎着买给我的大包零食，另一只手紧紧攥着我，有好几次我看到她红扑扑热腾腾的脸庞，突然想她会不会是我的亲生妈妈，想到这我的小手更紧地牵住了她。

也是她，带着我坐船到萧山城里的布店买灯芯绒面料做新年衣服，我要离开时，她突然带我来到一家食品店指着一排东西问："阿萍，你喜欢吃黑色还是白色的巧克力啊？"我无法回答，20世纪70年代末才五六岁的小孩子没有尝过这种进口食品，更不知道黑色和白色有什么区别。但最后，我腼腆地选了白色那款，售货员和她都笑了："真懂事，选便宜的！"——这块巧克力的包装，我到现在还记得：白色的底上蓝色的图案，夹着一些金色的线条。在我这大半生苍凉孤独的生命底色之上，它像极了她给予我的短暂温暖，我很感激，由此更加坚信，但凡我们真诚相待过付出过的心灵都会有感知与回应。

就是这样一个在我幼年时短暂出现过的女人，偶尔想起她，每一次，最先闪入脑海的竟然不是上面记录的仅存的细节回忆，而是那样一条跨河架起的长条木板！现在揣测，那应该是大约三十厘米宽七八米长的一条拼接木板吧，它横架在已无法回忆出高度的河面上，成为她所在村庄的交通必经之处。我颤巍巍地一步一步走在上面，感觉非常害怕，但奇怪的是，记忆里没有她的陪伴。也许是最特别的感受，所以成了最深的烙印，代言了关于她和钱清这个地方的回忆。就是在走完这段木板下来后，晨雾中她塞给惊魂未定的我一个当时流行的取暖神器——灌上热水的生理盐水空瓶，说："我带你去衙前做个客吧！"

哦，衙前，衙前，我羞愧于作为一个萧山人，竟然隔了四五十年才再次踏足。这十七点九二平方千米的土地，这红色农运的发祥地，如今春风拂面，民生富足，镇貌洁净优美，触目白墙连黛瓦，碧波起涟漪。当我再次站在这条河前凝视它，这萧绍运河上最最平凡的一段，却恰恰引爆了我久蓄深埋本来此生都不会再现的童年记忆碎片——我曾经来过这里！童年的我，来过衙前，被生命中一只最温暖的手牵引着来到这里。

我进过衙前人的家里，吃过衙前人家的饭，喝过人家的糖水煮蛋，衣服口袋里装过衙前人给的糖果。我也看过衙前的景，吹过衙前的风，走过衙前的石板路和田坂路，最后被一辆主人家的二八式海鸥牌自行车带到了一条河前。在河边，大人们坐在石头上，他们嗑着瓜子谈天说地，不时哄笑一阵，可惜我天生不苟言笑，一张紧绷的小脸想来那时并不讨喜。他们还教我捡石头片打水漂，河上吹来的风特别舒服，还有漂浮着的藻类特别好看，几只白鹅几只灰鸭游在水面像一幅画。忽然，其中一个衙前主人提议坐我父亲傍晚班的客船去萧山玩，第二天再回来。我一听急了，哇的一声哭了出来！他们惊愕，干妈询问下我才说出我的悲伤——我不要在日落时分上船，不要坐黑乎乎的夜航船！我记得他们听我说完都不再出声，静静地看着河面，再也不提去萧山的事。最后，我和干妈在衙前人家里吃了晚饭才回到钱清，那个晚上，她家老公和我弟弟睡一床，我和她睡一床。

从西兴固陵出发的运河水流淌了一千七百多年，还在继续向东流。李白杜甫这些大诗人曾经几次渡过钱塘江，在西兴或渔浦搭上小船一路往东开始"浙东唐诗之路"的浪漫之旅。当他们沿着运河泛舟若耶溪，或至曹娥江溯剡溪而上时，是否会记起萧山境内这条衙前官河？当他们最后到达天姥山、天台山顶沐着豪迈大风，又是否会想到停泊衙前上岸沽酒时店家那张江南人特有的精明与善良的脸庞？

李白"一夜飞度镜湖月"的八百里鉴湖水中，可有浙东运河衙前段的血脉相承？自古萧绍是一家，会稽山阴本无界。萧绍运河融入浙东运河，浙东运河融入京杭大运河，而京杭大运河和所有的江湖溪流一起都奔赴浩瀚大海，这就是地球上水系的宿命。而河流，也是我的宿命。从绍兴到萧山，从西郭门外到西江塘，从北海桥直街的环山河（护城河）到临浦峙山河，未曾离得此城去，一半羁留是江河。

当年那个客船上的小小女孩，早上天蒙蒙亮从绍兴越城区西郭门外（现在叫迎恩桥）出发，踏上一只叫作"临绍班"的客船，跟着三四个船老大和鲜有重复的无数个面孔在水上度过一天又一天。在单调的水上时光里，童年的我已经萌生基本的哲思，比如看着流水和两岸一直往后退往后退，就悲切地想到人和事都是要消失的，没有什么是永恒的；比如看着漫天星空仿佛无数双眼睛在争相与我倾诉，而我只能选择其中的一对认真倾听，这也是悲切的，因为无法博爱必须取舍；比如夜航时晚风吹来岸上田野气息的同时，又能听到漾动的河水一下一下拍打河岸石壁的声音，那是多么虚无的镜像啊，因为马上会经过一个河道的转弯，然后一切就消失了——只有码头是连接人间的按钮。每一个码头都是一个世界，每一次靠岸都是一次新生。伴随新生出现的人与事，就是属于我的人间。而这个原本是我弟弟的干妈的人，就是当时我的人间，在我五六岁的童年时光中出现过，宛若彩虹照耀过！她从未远离——钱清和衙前是她的，架在河面的长木条是她的，捡石片打水漂的玩要是她的，甚至巧克力、灯芯绒，奔跑后红扑扑的脸蛋也是她的……

约半个世纪后的今天，在衙前八千米长的西小江游步道缓缓踱步，眼前的滨河景观带靓丽明媚，沿途设有休憩驿站以及手机充电、急救包等贴心设施，真是一条新时代的幸福河啊！早已不是当年我这个小丫头凝视过的景象了——

它铺设游步道，沿河砌筑景观围墙，种植绿化，新建文化长廊、绿荫小道、休憩平台等景观，两岸的"两馆六景"，从内到外实现了"脱胎换骨"，再现了"水乡古韵、可游可亲"的风貌，成为衙前人最骄傲的风景线。

它形成了独特的官河历史文化街区，水乡韵味十足，生活气息浓厚。街区内集结了刺绣工坊、金石拓印、服装首饰等十一家文创主体，引进专业艺术顾问团队坐镇，能体验茶道、扎染、拓印等传统文化项目，是集美学理念传播、艺术文化交流、历史文化传承于一体的多元化街区。倘若有兴致，入内挑一两样项目体验把玩，也是这座红色基地带给人们的新感觉。

　　它实现了真正意义上的"官河游船"。清风徐吹，一路河道清清、绿草悠悠，两岸亭台楼榭错落有致，民居粉墙黛瓦，家家户户门口挂着古风家训。小桥流水直达清代古毕公桥，翻过桥，就是古色古香的衙前老街，青石板路、木质老宅，一排长长的红灯笼，淳朴的居民们探头向你问好。这真是"红灯笼，乌篷船，一湾碧水绕沃土"。

　　感谢衙前官河，感谢浙东运河萧绍段的回溯，令我这个一直虚度光阴的人从时光深处找到往昔的一支笙箫，那上面还遗留着童年的唇印。

古桥生辉缀衙前

◇余观祥

衙前镇地处萧绍平原腹地，东邻瓜沥镇，南接绍兴市钱清街道、杨汛桥街道，西靠新塘街道，北依新街街道，官河、西小江穿境而过。大小水网纵横交叉，引洪排涝河系发达，历来是一方休养生息的福祉之地。

衙前镇，不仅是中国共产党领导的第一个农民运动的发祥地，而且是古桥文化的博览地，名副其实的浙江省历史文化名镇。数百年来，这里古桥座座，碧水盈盈。曾经方圆十七点九二平方千米内的土地上，建有螺山桥、交通桥、白鹤桥、古毕公桥、沙湖桥等十二座古桥，大多古桥在万历《萧山县志》上有记载。

一座桥，一段历史，一个故事。古桥，历经岁月更替，写满岁月沧桑，承载岁月古韵。有的古桥诉说着一个个故事，消失在历史的长河之中；有的古桥饱经风霜，随着流逝的光阴，一如既往地履行着自我的使命；有的古桥接受时代的洗礼，退出历史的舞台，让位新生代焕发青春的光芒。

古风犹存毕公桥

万历《萧山县志》记载，古毕公桥"在郑家桥里许"。现所存系清光绪年间重建，在衙前老街中段，跨萧绍运河的支流河上，为圆洞石拱桥，跨径三点九五米，中高三点五米，两端各有石磴十余级。桥顶栏石只存靠官河一边的一块，上镌"古毕公桥"四个大字，清晰可辨。原桥上建有桥亭、回栏，供行人憩息。尚留亭柱脚榫眼可考，两端原有石狮亦毁。毕公指毕士安（940—1005），字仁叟，宋代州人，乾德四年（966）进士，太平兴国三年（978）曾任越知州，兴修水利（筑萧绍运河堤塘等）有功，该桥最初当为他所建。

2014年，古毕公桥被列为第五批杭州市市级文物保护单位。现桥南东侧立碑一块，碑文刻："杭州市市级文物保护单位'古梦笔桥'，杭州市人民政府2013年12月16日公布，杭州市人民政府立。"桥南西侧也立碑一块，碑文刻："杭州市文物保护点'古梦笔桥（清代）'，杭州市园林文物局、萧山区文化广电新闻出版局，2005年7月公布、2007年11月立。"

长虹卧波螺山桥

螺山桥位于衙前镇西南隅的螺山村，跨西小江，与对岸绍兴县杨汛桥镇的江口村相接。始建于明万历年间，已有四百余年历史，为萧山区境内，在西小江上唯一留存之古桥。

该桥立于宽阔的江面，周围环境优美，设计别具匠心，规制极具美学，与自然风光相协调。全桥由石梁平桥和曲拱洞桥组成。主桥，即江心三孔为拱桥，便于往来舟楫通过。两端引桥六墩七孔，为石板平梁桥。桥上两边设石板扶栏，用平头望柱间隔加固，保护行人安全。整座古桥如雨霁长虹，照映斜阳，使水乡平添秀丽风光。

民国二十九年（1940），侵华日军在螺山上修筑炮台作为据点，时常派出小鬼子下村抢劫，对螺山大桥也大肆破坏，把三个主孔上的扶栏、踏蹬全部拆除，只剩下三个单薄的拱洞，两边引桥之梁则全部撬入江中。从此古桥中断，只能靠一艘小木船渡河。

直到1964年，萧绍两岸人民出钱出力，并得人民政府拨款支持，组织工匠照原样进行全面整修，这断损二十多年的古桥才恢复旧观。江心三孔相连，长四十二点四米，其中孔拱顶高约八米，跨径九米，两端砌石磴各三十七级，引桥七孔，重架石梁长二十九点九米，全桥总长八十二点三米。当时取名"群益桥"。

20世纪90年代初，穿桥的大型驳船磕打石砌桥墩，大桥损坏日甚。1998年夏，当地群众自发集资两万一百二十六元，做了一次修建，将桥拱顶踏蹬拆去，两端平桥铺钢筋混凝土加高，使整座桥面拉平，改变了大桥原貌。现桥南端挂有一块铜质牌匾，刻有"杭州市文物保护点，螺山大桥，杭州市园林文物局"红色字样。

当笔者站在南岸的桥亭内，尽情欣赏古桥的神韵之时，极目向杨汛桥村口眺望，只见来来往往的行人、电瓶车络绎不绝，人们骑行在古桥之上，沐浴着冬日的暖阳，享受着古桥的便捷，形成一条美丽的风景线。

饱经风霜凤凰桥

凤凰桥位于凤凰村，距镇政府西北约五百米。东与西曹自然村紧邻，西为农田，南临萧绍运河，距衙前路一百米。

凤凰桥，史书载称："凤凰要津桥。"原为三洞石拱桥，比较狭小。20世纪60年代为适应日益发展的交通需要，拓河重建，凤凰桥成为现在的单孔钢梁桥。桥总长二十五米，高四米，宽三点三米，桥孔跨径十三点四米，桥栏板高一点二米。两端各设置石十三档，基本保持原貌。

时过境迁，风光不再。凤凰桥虽还静卧于凤凰河上，因时代的变迁，通向凤凰桥的道路，到凤凰桥为尽头。这凤凰河，仅以引洪排涝为主，桥下鲜有船只过往。她完成了历史赋予的重任，功成名就，隐退一线，依偎在一处民房的西侧。她当下发挥功能，给人们担负起观赏、追忆、点缀的使命。

历经沧桑沙湖桥

沙湖桥，为单孔石梁桥，位于凤凰村境内的浙东运河萧山段塘上，南北向建造，横跨在沙湖河之上，一面临碧波荡漾的浙东运河，另一面紧挨一工厂厂房。石梁全长十米，宽二点五米，南北桥塊曾各有石磴十级。沙湖桥与沈家桥隔岸相望，遥相呼应，相得益彰。行走在运河边上，桥身看上去与运河边道路差不多高。近年，由于沙湖桥南北路基整体抬高，石磴被填埋，因此给人以一座平桥之感。

该桥建设时间没有翔实依据可查，在桥的上方，面向运河的天盘上，镶有一块长方形的石碑，从碑文中依稀可见，这座沙湖桥修筑于清末民初时期，距今一百二十年左右。

沙湖桥历经一百多年风雨剥蚀，南北条石垒筑的桥塊，有多处已遭破损，凹凸不一。但她仍担当使命，服务匆匆过往的行人。笔者在古桥边采风时，正在垂钓的几位钓鱼爱好者告诉笔者，在古桥边、运河上垂钓，与其说是在修身养性，不如说是在接受古桥文化和运河文化的熏陶。

原拆原建沈家桥

沈家桥位于四翔村（翔凤村），万历《萧山县志》有记载，为古石桥，跨萧山至瓜沥运河支线，南北向建造。在衙前镇街东南五百米处，东距卫家、沈家沿自然村五十米，南连农田，西傍萧绍运河，距104国道约二百米，其古纤道具有水乡特色风貌。

该桥已于1969年重修，桥梁已改用钢筋水泥预制板，两端踏蹬基本保持原貌，桥长三十六点五米，南桥梁长六米，北桥梁长七米，宽三点九米，高三米，桥孔跨径十米，两端各设踏跺二十一级。

笔者前去采风时，沈家桥四周用围栏严严实实遮挡着，向围栏内窥探，密集的钢管遍布桥的两侧。从桥身上拆来的石块，用黑漆编写好号码，一堆一堆放在周边。据说古桥因岁月的侵蚀已成危桥，正在原拆原建修缮之中。约再做半年的修缮，古桥将重显古韵，再放异彩。

悠悠运河忆乡愁，座座古桥话沧桑。衢前境内的古桥，像散落在大地上的一颗颗璀璨明珠，熠熠生辉，光彩夺目。

古桥给红色衢前平添了几分神韵，为浙江省历史文化名镇增色，更为韵味衢前增色。

（部分资料来自《衢前镇志》）

yaqian fengyun

风涌·现实

大美衙前

◇赵　莹

　　衙前离我家不远，开车过去仅需十余分钟。但对幼时的我来说，这段路程就显得极远了。那时，我晕车晕得厉害，所以每次坐公交车去萧山，就感觉度日如年，只盼着快些听到"衙前站"，这代表路程已过半数，希望的曙光就在眼前了。长大以后，便发现儿时乘车的漫长等待，其实并不值一提。那些尘封的往事，早已随着年岁的增长失去了原样。唯一让我印象深刻的，便是每次报站时都能听到的"凤凰山"了。

　　凤凰山不高，因山形似伏地的凤凰而得名。《萧山县志》记载："凤凰山，县东三十里，又名慈孤山。石崖之间有'望夫石'上红下绿，阴雨天望之，俨然妇女形。"这座山出名，不仅在于其独特的形貌，更在于它身后蕴含的红色基因。1921年，中国共产党刚成立不久，凤凰山一带就爆发了一场轰轰烈烈的衙前农民运动，从此点燃了农民革命运动的星星之火。现在，李成虎故居、衙前农村小学校旧址等地仍屹立在侧，保存完好，始终无声地诉说着过往的记忆，追溯着那场意义深远的传奇经历。

凤凰山下，还有一座凤凰村。凤凰村民风淳朴，生态宜居，当地人秉承着"敢为人先"的信念，将农民运动精神延续至今，亦将村庄建设成远近闻名的"幸福村"。对孩童来说，"凤煌乐园"可谓风水宝地，周边风景秀丽，空气清新，园内还有大量的游乐设施，比如乘坐田园过山车畅游村野，在彩虹滑道里体验云端飞驰的乐趣，在跑跑卡丁车赛道尽享速度与激情的碰撞。当然，若是乏了，也可以和父母去往萌宝宠物村，与羊驼、香猪、火鸡、兔子等动物亲密接触，或是在草坪上搭一帐篷，放风筝、烧烤聚餐或者玩亲子游戏，感受集野炊、玩乐于一体的双重意趣。

至于年轻人，不妨去浙东运河衙前文化园走走，感受古朴悠远的人文风光。进入园内，琳琅满目的石雕映入眼帘，从石桌、香炉，再到石狮、界碑等，每一物件都承载着古老的故事，记录着岁月篆刻的痕迹。进入馆中，度量衡展示厅、历代瓷标展示厅、萧绍契约展示厅、衙前镇政府旧址历史沿革展示厅、临展厅共"五厅"。以历代瓷标展示厅为例，里面陈列着两万余片瓷片藏品，包括青瓷、彩瓷、色釉瓷等，展示了上至汉代、下至近现代的制瓷工艺。再如萧绍契约展示厅，分布着一千多件宅基契、典当契、法律文书、执照等，可以令人尽情领略传统契约文化的精髓。

老年人亦有自己的颐养场所，那便是"凤凰颐"乐养中心。村中的老年人可以每日来老年食堂吃饭，而每天的菜色也都经过精心搭配，"四菜一汤"，专供他们食用，并给予他们相应的优惠和补贴。为了便利"上门难"的老人，村里还为行动不便的老人提供送菜上门服务，将热菜装入相应的保温桶，将这份暖意送到各家各户。此外，乐养中心的设施建设贴心、周到，不仅设有专门理发的场所，让老人能享受便民服务，还为他们购置了按摩沙发，以便他们饭后休息。

所以，漫步于衙前，总能感受到它得天独厚的自然景观，古色古香的文化风情，以及暖人心扉的人文关怀，让人在天寒地冻的冬日，也能一睹此中春意！

多彩衙前

◇金海焕

暮色四合，街灯初上，年的气息在空气中涌动着，凤凰山公园里浮到着动感节奏，空气似乎也跃动起来。村民陆续集合，扭动腰肢，手舞足蹈，热情和活力四射。这座凤凰山下的小镇在烈火红心、青山绿水、蓝领金蛋的风口浪尖上倾情演绎，这方热土始终流光溢彩，一派欣欣向荣的景象。

红色是小镇的永恒底色

革命的火种一旦进入百姓迫切生存需求的心尖，便点燃了浩瀚的"敢为人先，永不满足"的革命圣火。中国共产党领导的革命事业至此在农村有了"四个第一"的伟大壮举。遥想百年前，在前途茫茫中，一颗小小的火种擦去黑暗，照亮前程。这一次有组织的运动让劳苦大众自己的组织依靠、协会纲领在萧绍大地上扩散传播，革命事业的建设者有了衙前农村小学校而获得悉心培养。

步入衙前农民运动纪念馆。一段段文字记录了革命的腥风血雨，一张张照片见证着革命的艰苦卓绝。百年的历史穿越，豪言壮语在袅袅回响，感佩有志之士接续奋斗，坚持不懈。信仰不易，初心不改，一代接着一代干，代代赶考代代答卷。先行者在实践中踏出一条星光大道，先辈们在历史的天空里熠熠闪烁凝望。雄关漫道真如铁，敢教日月换新天，千里江山的秀丽从愿景变成了实景。

置身此地，拜谒一位忠骨英魂。李成虎墓肃穆庄严，而浩然之气依然灼灼，为理想，为社会，为人民。"只要大家心肝齐，怕什么！头我来做，反正我老了，大不了一死！"慷慨请命，掷地有声，即使过了百年，音量未减分毫，始终萦绕在凤凰山头。可以想见，当年六十八岁的李成虎扯下围裙当大旗，振臂一呼气势如虹，何等豪迈，结局又是何等悲壮。两副挽联："中国革命史上的农人这位要推第一个；四山乱葬堆里之坟墓此外更无第二支。""吃苦在我；成功在人。"是鸿毛还是泰山？李成虎做了铿锵回答，可谓生之伟大、死亦至伟。

"有，要大家有；好，要大家好"的红色基因泅染植入衙前发展的历史血脉中，新时代"红要大家红，强要大家强，有要大家有，好要大家好，治要大家治"的全新红色精神谱系完善并厚实了起来。党走过百年，依旧风华正茂，红色是衙前永恒的底色，也是它接续发展的不竭精神动力。

绿色是小镇的不竭活水

悠悠东逝浙东运河水在衙前老街前蜿蜒而出，其中段转弯处一小河支出，一座连接东西街道的石拱桥——古毕功桥安卧于此。在百年风雨里依旧不改它端庄稳健的气度，穿境而过的官河水倒映着枕河而居的粉墙黛瓦，天光云影在河心里流连，清丽秀气的水乡神韵逐次铺展。青山为证，绿水为凭，绿色让衙前焕发勃勃生机，吸引八方游客。

毗邻轻纺之都的衙前有着近水楼台得天独厚的地理区位优势。在20世纪90年代至新千年的头十年，衙前是家喻户晓的化纤重镇。人均收入节节攀升，人们的腰包鼓了，但牺牲环境的短视作为也搅乱了人们安居乐业的美梦。水变脏臭浑了，空气中还弥漫着化纤丝上的机油气味。河流无奈，官河无光，人人避而远之。河边亲水居民更是苦不堪言，默默承受着自然界的严厉惩罚。

不破不立，需要来一场壮士断腕般的断舍离。环境污染整治关乎民生福祉，自"绿水青山就是金山银山"提出以来，衙前镇顺势而为，革旧除弊，城镇面貌渐次清晰明媚。污水纳管了，废水截流了，河道清淤了，小微水体达标了……河流清亮如初。漫步官河，一派绿意盎然水墨风韵贴着河面飞向远方。去年，衙前西小江畔拉起了横幅，升起了灶台，办起了首届螺蛳节，笃一颗鲜嫩的螺蛳肉，赏一江澄碧的旖旎风光，真个快哉！清江抱螺、长桥揽月、螺山叠翠……衙前十二景言简意赅，和盘托出，这份生态宜居成绩单如此鲜绿着，成为游人的打卡地，也烙进了衢前的城镇风貌新名片中。主题展示馆、手工艺工坊、特色工作室……村民的文化生活、精神生活双翅双飞，收获了精神文明的共富共美。

蓝色是小镇的强劲引擎

在两千五百平方米的红色衢前展览馆里，一幅幅历史照片再现了这座由农耕渔猎江南古城到现代新型工业化城镇的历史蝶变。一个镇就有像浙江恒逸集团、浙江东南网架集团、兴惠化纤集团、浙江兴日钢控股集团四家企业跻身全国五百强企业榜单，可见衢前在"产业新城"上势如破竹，也在"产业兴城"上一张蓝图绘到底。原先"低小散""脏乱差"的低能企业不断淘汰，绿色产业在时代的大江大河里淘洗、汇集，迭代升级成撬动乡村经济、助推乡村振兴的有力支点。

众所周知，化纤是衢前的支柱产业，衢前也被冠以"中国化纤名镇"的美名。传统产业厚积薄发，新兴产业发展势头也异常迅猛，正所谓"一枝独秀不是春，万紫千红才是春"。"产业兴镇""数字赋能""产城融合"的发展理念深入发展沃土，以化纤纺织、钢构网架两大工业，集聚起产业数字化"航母群"优势，打造出"传统产业＋互联网"的样板模式，契合了时代发展脉搏，贯通了高精尖攻坚的"任督二脉"。

复盘这些年衢前企业的风雨兼程，一个突出的特色就是"数字和数智"。大企业规模化、小企业差别化共生互长。化纤巨头浙江恒逸集团大数据平台实现全流程透明化；浙江东南网架集团、兴惠化纤集团、杭州江南电机等引入智能制造设备，推动生产领域数字化自动化生产；杭州萧山凤凰纺织、浙江美家美户装饰材料等中小企业则引入智慧设计技术，数据采集、挖掘、分析、利用更加精准贴合消费者需求。

步入厂房，企业器械俨然规整，机器的嗡嗡低鸣声穿透耳膜，工人们操纵着各种仪器设备，一切都有生机有节奏，数字技术成为看得见、摸得着、说得清的现实生产力。衙前人在蓝色科技的海洋助力下探贝取珠，"产城融合"不再是梦幻般的存在。

周日，迈进凤煌乐园，欢声笑语此起彼伏，人人脸上不停切换着惊险刺激、悠然惬意的表情，当然，这些表情内核里主打一个"喜悦"。我想，吸引人留得住人的地方就一定是一个好地方。

耙螺蛳的衙前人

◇周　亮

小小的螺蛳，养育了众多的人口。

在萧山湘湖的跨湖桥遗址，人们发现一些螺蛳壳的尾部被砸出了孔洞，后世的人由此推测，八千年前的跨湖桥人也和现代人一样：去掉螺蛳尾部，烹熟，用力一嘬，肥美的螺肉出壳。

各地的人都喜欢吃螺蛳。广州人用螺蛳做菜常配紫苏叶、大蒜头；桂林人食螺经常以切碎的薄荷为调料，吃起来有一丝淡淡的薄荷香；无锡人做的螺塞肉，则是将螺肉和猪肉一起剁细，做出来的食物香气扑鼻；广西人最喜欢螺蛳粉，会用爽口的米粉配上酸笋、腐竹、酸豆角以及时令蔬菜，再浇上酸辣螺蛳汤，吃的时候，一股独特的气味扑面而来。

最让人称奇的是，在云南昆明滇池边的先滇时期环形贝丘遗址之下，挖掘出一座座螺蛳山。螺蛳壳的覆盖面积达九万多平方米，相当于十三个标准足球场大小。深埋地下的螺蛳壳，与灰土层交替堆叠，厚度竟然达到六点五米。

而衙前人，在萧绍平原以耙螺蛳闻名。

我曾看过一个衙前人耙螺蛳。

他开着一辆小货车，车厢上绑着一艘橡胶船。停车，换衣，套鞋，解绳，拖船，下水，一整套动作行云流水，丝滑得很。

太阳大得很，水面明晃晃的。竹篙一点石坎，小船离岸。他抬头看看天，从船舱捞起一顶草帽戴上，把橡皮筋勒在额下。

小船正好荡到河的中央。一人一船，两根杆子。左手耙斗（杆子连着类似畚斗的容器），右手耙子（很简单的工具，杆子顶端横绑一块木头），双脚八字。他看也不看，随意把两根杆子放入河底，用耙子去拉河底的泥土，盛到耙斗里。感觉耙斗有点重了，慢慢拉上船，用筛子在水中一筛，洗去淤泥，剩下的就是沉甸甸的螺蛳了。

用不着撑船，随着耙子一推一拉，小船缓缓前行。大概是熟能生巧的缘故，动作舒缓，看上去一点都不累，整个下午都是同样的节奏。小河底好像有着数不清的螺蛳，耙上一两分钟，总要捞起来筛螺蛳。小螺蛳是不要的，随手丢进后面的河里。挑出来的螺蛳都是大个的，很快就积攒了一大袋。

这条河大概是很久没人来耙过螺蛳了，他一个下午才耙了不到半里地的河面。看着太阳渐渐下山，把小船划回下水的河埠头。歪着脖子，用力把一袋子螺蛳扛上肩膀，摇摇摆摆地上岸，到了车厢，肩膀一顶，整袋螺蛳落入了车厢，发出贝壳相撞的脆声。

他差不多扛了五六袋，螺蛳是很重的。这个下午，他的收获目测不下几百斤螺蛳。

　　把小船绑在货车上，换上衣服。给围上来的乡亲散了一圈烟，自己也抽了一支。他说，下午的收获还可以，自己赚的是辛苦钱。螺蛳等会儿送到衙前去，那里有人每天都在收螺蛳。装螺蛳的大货车，天天都要发车，或送上海，或送杭州，当天夜晚出发，送到批发市场，第二天就能端上千家万户的菜桌了。

　　这个衙前人耙螺蛳，虽然辛苦，但收获不错。这是我对耙螺蛳这门行当的第一印象。

　　后来我去衙前杨汛村，关于耙螺蛳的细节知道得更多。

　　螺蛳的品类很多——青壳螺蛳的壳极薄，带细微亮光；沙地螺蛳，壳是很特别的红颜色；官河螺蛳，青色的，圆嘟嘟，味道最好，这是因为它产自凤凰村的三岔口，正好是咸水和淡水的交汇点……

　　在杨汛村，我还知道，杨汛人耙螺蛳的历史有几百年了。衙前自古就水网密布，浙东运河从境内逶迤而过，衙前人靠水吃水，竟然用小小的螺蛳养活一家人。

　　有村民介绍，他小时候家境不好，自六七岁起，他就跟着哥哥们一起下船耙螺蛳。无论是严冬还是酷暑，是大风还是暴雨，从不间断。

　　"那时候家里条件不好，不出去干活，今天有饭吃，明天可能就没饭吃了。"

　　"那时候的螺蛳，几分钱一斤。现在的螺蛳，卖几元钱一斤，甚至几十元钱一斤的都有。"

　　在杨汛村，看到他们用传统工具剪螺蛳——一个带大铁剪的木架。脚踩木架，手按铁剪，螺蛳的尾巴就一颗一颗被剪去了。听说，现在剪螺蛳都有了机器，螺蛳自动嵌入小孔，机器自动剪去螺蛳尾巴，效率高了不知多少倍。

希望下次有机会能见识一下这样的机器。莎士比亚说："人，是宇宙之精华，万物之灵长。"诚然也。

衙前境内有一座螺山，还有一个螺山村，不知道和耙螺蛳有没有关系。远眺螺山，脑中不由浮现"白银盘里一青螺"的诗句，即便无解，也是一种曼妙的想象。

风里来，雨里去，日头晒，水面蒸，没有吃苦耐劳的精神，没有坚忍不拔的品质，是不能干耙螺蛳这一行的。对每一个耙螺蛳的劳动者，我总是深怀敬意。

耙螺蛳的衙前人，和乡人比较，他们比较老练，比较从容。这种气质应该是耙螺蛳的经历赋予他们的。

驾一艘小船，去陌生的水域讨生活，在任何一个时代都是不容易的。危险或来自水面，或来自岸上，都要靠耙螺蛳的人独自面对。

或者说，因为他们走过更远的路，见过异乡的风土人情，所以他们比留守家园的农夫更加睿智。

衙前境内的西小江、浙东运河通向的，是一个更为辽阔的远方。

1921年9月27日，浙江萧山县衙前农民运动爆发，这是中国共产党成立后领导的第一次有组织有纲领的农民运动，被称为"全国农民运动历史上最先发轫者"。

为什么是衙前？

聆听农民运动领导者的事迹，很是感慨：百年前的这群人，他们的眼光实在超越了那个时代。

成大事者，不仅要有超越时代的眼力，还要有踏实肯干的脚力。衙前的这群人，他们做到了。

一方水土养一方人，耙螺蛳的经历让衙前人与众不同，也让衙前这方土地更加神奇。

我刚到衙前杨汛村的时候，差点念成了杨汛桥村。谁知，村民见怪不怪。原来，衙前杨汛村和绍兴杨汛桥街道之间，只隔了一条西小江。明万历年间（1573—1620），西小江上建有一座十一孔石梁桥，全长四十四点二米，宽约二点五米。桥建成后，当地瓜菜鱼蔬在此交易，逐渐在南岸形成集市，成为萧绍要冲。南岸地域名"杨汛"，四周声望极大，故桥亦称杨汛桥，人们均称"杨汛大桥"或"杨汛桥"。

这是杨汛村的来历。

纵观历史，不同行政机构管辖的地域，其接壤的地点，若是交通便利，往往会有意想不到的商机。

我听一位老人说过，几十年前统购统销的年代，萧山某种农产品需要凭票购买，绍兴则不需要票证。由于这个原因，两地有价差。这位老人从绍兴买入，到萧山卖出，利润虽薄，但足够把小日子过滋润。

想来，耙螺蛳的衙前人，走南闯北耙螺蛳的时候，他们也会买上一些当地的物产，外乡人也会打听衙前的物产，商机往往在不经意的交谈中倏忽出现。

又因为同在外乡耙螺蛳，"老乡见老乡，两眼泪汪汪"，有见识的同乡必然有情有义，相互扶持。

这些因耙螺蛳衍生的机遇，在市场经济年代，成了稀有的经商优势。

衙前是"中国化纤名镇""国家钢结构产业化基地""国家装配式建筑产业基地"，是萧山名副其实的工业重镇。衙前十七点九二平方千米的土地上，非公企业有五百余家，其中世界五百强企业一家，全国五百强企业一家，全国民营企业五百强企业三家。

难能可贵的是，在衙前我听到了这样一句话："有，要大家有；好，要大家好。"这是衙前农民运动领导人李成虎说的，至今还在衙前传颂。

在衙前凤凰村，村集体免费向村民供应米、油和天然气，村民医疗费的自负部分，村集体再按章程进行报销。

这不就是李成虎烈士的愿望吗？

西小江，水面开阔，每年清明前后，西小江上便多了耙螺蛳的小船，"清明螺，赛过鹅"，正是吃螺蛳的好时候。

河水流淌千年，螺蛳生生不息。耙螺蛳这一种职业，和职业衍生的乡村文化，如同西小江，绵延不绝。

文明衙前，向美而行

◇倪琴琴

因为每一片树叶的界限，

才有了阳光的倾泻；

因为每一瓣花瓣的界限，

才有了花开的瞬间。

那么，人与人之间最美的界限是什么？

是始终第一的优越感吗？

是争前恐后的领先感吗？

其实，

宽容礼让，

才是人与人之间最美好的界限。

萧山区衙前镇第二小学选送的《最美的界限》短视频作品中，用演绎的方式讲述了小宋同学在学习等各类竞赛上非常优秀，总是力争第一，可事事拿第一的他并不懂得在生活中礼让和宽容他人，渐渐失去同伴。失意的小宋在同班朋友小美的帮助下终于明白了礼让和宽容待人的重要性。一则小小的短视频，让我们明白了文明礼仪与生活息息相关。子曰："不知礼，无以立也。"文明礼仪不仅是个人素质、教养的体现，也是个人道德和社会公德的体现，更是城市的素养、国家的脸面。今天，让我们一起走进衢前，感受衢前的文明礼仪，和衢前人民一起向美而行。

食

作为儒家经典的《礼记》明确指出："夫礼之初，始诸饮食。"认为饮食活动中的行为规范是礼制的发端。人活着要吃饭，这是人人习以为常的"饮食"。这不仅仅是一句"民以食为天"的古训道出的吃饭至上的观念，它还是儒家文化的核心思想——礼的本源。在衢前的第一站，正赶上吃饭时间，白切鸡、炒青菜……热气腾腾的家常菜出锅了，阵阵饭菜香从杨汛村老年食堂飘出。我们在这里充分感受到了什么叫"此心安处食吾乡"的安宁与满足。

自开业以来，杨汛村老年食堂每天为五六十位老人提供午饭和晚饭服务，堂食或送餐由老人自由选择。村里的徐奶奶表示，年纪大了后，子女经常操心自己的吃饭问题，有了老年食堂的送餐上门服务后，不出家门就能吃到营养均衡的饭菜，解决了吃饭难的问题，子女在外也更安心了。此刻，在凤凰村老年食堂，还没到饭点就很热闹了。老人们先在温暖的餐厅里读读报、聊聊天，等上菜了，他们熟练地走到人脸识别设备前刷脸确认，再到窗口取饭菜，或打包回家，或坐在一起边唠家常边品尝美食。

为了让老人在家门口就能吃上种类多、营养足、品质高的"热乎饭"，打通老年人就餐服务的"最后一千米"，近年来，衙前镇大力推进全镇老年食堂布点扩面工作，出台相关政策，引进专业服务，构建全镇老年助餐服务体系，凤凰村老年食堂、新林周助餐点和杨汛村老年食堂先后开业，截至目前，这份幸福的"烟火气"已覆盖了全镇十三个村社，三家助餐单位纳入全城通吃，成为萧山区实现助餐服务能力和实际服务双覆盖的八个镇街之一。

值得一提的是，衙前镇和部分村还出台了补贴政策，减轻老年人的经济负担。比如在凤凰村老年食堂，八十五周岁以上的免费用餐，八十至八十五周岁的老人，三元即可用餐，这样的高性价比让老人们吃得更开心、更满意了。"走，去老年食堂了！""菜烧得咸淡刚好，蛮符合我们的口味。""工作人员还记着我们每个人的忌口，很细心！""现在真好，家门口就有老年食堂了，我们很高兴！"……

一句句赞美，一声声肯定，绘就衙前"夕阳红"的幸福底色。衙前工作人员在"食"上面灌注细心、贴心和爱心，让老人吃得安心，吃得放心，吃得暖心。老有所养，老有所乐。这样年轻人就可以大胆放手，工作更有干劲，生活更有奔头！

不仅要吃得满意与放心，还要吃得健康与文明。为进一步普及健康生活方式，增强全民健康意识，提高身体素质，衙前镇在镇文体中心红色大讲堂开展了"吃动平衡，健康体重"主题活动，特别邀请镇卫生院周萍老师授课，衙前镇十一个村的健康体重行动者参加。健康体重行动者们纷纷表示，这种低强度、持续时间较长的有氧运动非常适合忙碌的上班族和不爱剧烈运动的人，通过健康减脂操和合理饮食的结合，可以有效地控制体重并助于身体健康。俗话说：身体是革命的本钱，健康是人生的财富。有了健康的身体，一切文明才皆有可能。

住

住在衙前，不必去远方，眼前就有诗意。夜的味道，月的味道，美食的味道，山川与河流的味道，历史的味道……游四方，抵不过家中一碗人间烟火，在这一方文明的小小天地里，人们周而复始，甘之如饴。

现代大气的立面，整洁有序的充电车棚，重新铺装的道路，数字化赋能的监控设施……最近，完成老旧小区改造的之华公寓、教工宿舍，凭借焕然一新的小区面貌成功"出圈"，成了令人羡慕的"别人家"小区。

更美丽现代、更井然有序、更舒适便捷的之华公寓和教工宿舍，是如何实现"逆龄生长"，让宜居指数跳跃上涨的呢？让我们跟随镜头，一探究竟！

再见了，保笼：一排排密密麻麻的保笼，不仅影响建筑美观，还可能阻碍"逃生通道"，成为消防安全隐患。之华公寓、教工宿舍老旧小区综合改造提升项目中，拆除共计一百三十三户保笼，为空调外机"穿上"保护"外套"，美化后的小区立面，不仅"颜值"更高，室内的采光和安全性能都有效改善。

快递点，安排：网购已成为人们现代生活的重要消费方式之一，而一个小区是否有妥善放置快递的空间，也成为影响小区整洁度的因素。之华公寓、教工宿舍新添了快递柜，也让居民的指尖消费有了接收安置处。

新车棚，上岗：之华公寓、教工宿舍之前没有专供电瓶车使用的停车场。而从楼上挂下电线的"飞线充电"现象存在着很大的安全隐患。如今，之华公寓、教工宿舍带有充电装置的新车棚上岗了，不仅减少了消防安全隐患，更方便了邻里，皆大欢喜。

电管线，匿了：暴露在墙外的电线，不仅影响美观，还有安全隐患。教工公寓完成了强电缆管道预埋近二百八十米，检查井十二座；弱电管预埋完成约五百五十米，检查井十四座。之华公寓的强弱电管线预埋、楼道强电整改也都完成。

虽然是冬天，但改造完成的两个小区都更绿意盎然了，扩大绿化景观面积后，绿化更多，绿植品种更丰富。特别是在教工宿舍，新打造的口袋公园，成了居民家门口交流、休息的好去处，更美好的新场景将在这里诞生。

2023年，衙前镇交付了樱漫里、锦上悦华里两个新小区近七百套新房。随着入住率的提高，小区沿街的商铺也陆续开张了，越来越多的新衙前人在这里开启了新生活。当他们的生活轨迹与衙前的超市、学校、地铁、卫生院等产生重叠，他们也将真正融入，与这里喜相逢、同生长、共呼吸。据不完全统计，今年还有二十多家生鲜超市、便利店在衙前开业，餐饮店也新增不少，生活配套一朵朵"绽放"开来，小镇里的新体验越来越多，消费选择也变得愈加丰富，居民的幸福感也越来越强。

衙前的居住氛围越来越好了，市井长巷里的生鲜超市，新开的幼儿园、改造提升的便民服务站、新增的地铁接驳车等等，在满足人们衣、食、住、行、学、游的同时，聚拢了更多的人气，催生了小镇更多生机与活力，也流淌着人民对美好生活的期待。

行

早上7点左右，骑五分钟的电瓶车到地铁衙前站，再乘地铁到绍兴金柯桥大道附近的单位上班；晚上下班后，她又从柯桥乘地铁到衙前站，再骑电瓶车回家，这是衙前镇新林周村徐女士每天的通勤线路。

就在2023年5月，她惊喜地发现，地铁衙前站附近新增了许多非机动车停车位，清晰可见的停车标线，规范着车辆停靠的方向和位置，一排排电瓶车停得整整齐齐。"以前下班回到地铁站，电瓶车经常被其他无序停放的车子挡住，推都推不出来。现在有了规范的停车场，地铁口的道路通畅了许多，我比以前能早几分钟到家。"徐女士表示。

此前，住在衙前镇东南角明华小区、江湾绿苑等小区的居民乘坐地铁，因没有直达的公交接驳线，出行较为不便。衙前镇充分了解市民日常出行需求，结合地铁衙前站周边公交候车配套设施的落地，经多次的线路勘察后，与萧山公交对接规划了一条连接地铁的公交接驳线3001M路。新开通的地铁接驳线3001M路，沿途停靠东南网架、衙前镇政府、江湾绿苑等站点及始发站衙前站。"这条接驳线开得好，以后坐地铁再也不用转车了！"江湾绿苑小区业主王女士赞叹道。

精细增设的停车场，让文明更到位；与地铁站点无缝对接的接驳公交车，让公共出行更便利，这得益于2023年"衢前红·美好＋"地铁口公共交通优化项目的实施打造。

2023年，衢前增设运行地铁A口、C口附近的公交站点；顺利开设运行地铁A口至明华、江湾绿苑萧明线十八点三千米十二个站点的公交接驳专线；建成并运行地铁A口非机动车停车场、B口东侧的非机动车停车场，在B口、D口新增了两个公共自行车租车点，"小红车＋地铁"的出行方式也更加便利；并新增了地铁出入口非机动车亭。如今，地铁衢前站附近政府投资公共停车位可停放机动车五十辆、非机动车四百辆。另外，地铁C口附近的社会停车场还有新能源汽车充电站，为老百姓的"绿色出行"提供更多便利。衢前镇还通过与地铁绍兴运营方等平台的对接，加强对地铁口停车场车辆停放的管理，交通秩序得到明显改善，序化、洁化、美化了地铁衢前站的风貌。

出行提速了，行车环境优化了，行路有了更多的选择。为提升电动自行车骑乘人员头盔佩戴率，预防和减少交通事故，衢前交警集中整治电动自行车不按规定佩戴头盔、闯红灯、逆行等交通违法行为，"头等大事"不侥幸，正确佩戴安全头盔，为生命增加一份安全保障，为市民文明出行保驾护航。

文明出行，才能行到水穷处。

见

每当银杏叶变黄、枫叶变红，属于秋冬的开场白也变得生动起来。这个季节的衢前，像是打翻了调色盘，大街小巷都是金灿灿、红彤彤的色彩。不管是漫步在街头巷尾，还是走进各处宝藏打卡点，或驻足，或抬头，或匆匆而过，都能遇见这一抹灿烂。脚踩满地金黄，耳边传来飒飒作响声，仿佛一首悠扬的秋冬主题曲。热烈的红、耀眼的黄、无瑕的白，还有运河潺潺，芦苇深深，赏雪、画梅，写满了独属于衙前秋冬的深情。拥抱文明，拥抱幸福，需要实践，需要看见。

你瞧：为丰富社区妇女文化生活，新林周村文化礼堂开展了古典伞舞公益课堂。课程从简单的舞步开始教学，王老师将动作一步一步分开来，细心指导、快慢结合。经过一节课的学习，大家已能完整跳出一段舞蹈。学员们将道具伞的运用很好地融合在了舞蹈当中，表现了东方女性特有的优雅和美丽。

你瞧：为倡导"读好书、上好网"，营造护助未成年人健康成长的浓厚氛围，同时推动优秀传统文化创新与发展，加强文化遗产保护，衙前镇新时代文明实践所、衙前镇综合文化站、萧山区文化馆衙前分馆在官河驿组织开展了一场独特而有意义的"为时光染色，为阅读停留"绿书签护苗活动。

你瞧：为创造整洁、优美、健康的镇容镇貌，建设健康村社，进一步推动该辖区四害防治工作，衙前镇南庄王村文化礼堂在该地区开展了2023年秋季灭鼠活动。该活动广泛宣传秋季灭鼠活动中鼠药投放时间、安全知识、中毒救治措施以及防病知识、科学灭鼠方法等，提高了群众灭鼠防治工作的意识和能力。

数不尽，道不完……

生活在衙前，一个有山有水的小城，一个慈善、友爱、文明的小城，礼可视，礼可听，礼可言，礼可动。亲爱的，何不留下？

一条官河，一条国道，从古访今看衙前

——衙前采风记

◇方晓阳

清明前的一个周末，我们一行十余人参加由杭州市作家协会组织的作家采风活动，来到了地处萧绍平原腹地的萧山区衙前镇。这应该算是我第一次真正意义上的走进衙前，尽管在杭甬高速没有建成前，坐车去绍兴、宁波，沿着104国道都会途经衙前。

走进衙前这座具有厚重历史文化的千年古镇，如今的中国化纤名镇、国家钢结构产业化基地和国家装配式建筑产业基地，才知道衙前历史之兴是因被当地人称为"官河"的河水而起。开挖于西晋年间的浙东运河（又名萧绍运河），距今已有千年历史，可以称之为萧山的"母亲河"。从西兴悠悠而来，穿过萧山城区，出回澜桥，到衙前镇后，由北折南进入绍兴柯桥区钱清境内与西小江汇合，又向东抵绍兴上虞区曹娥江，再向东接宁波姚江、甬江，直通达东海。

浙东运河衙前段，演绎着历史名镇的辉煌，吟咏出江南水乡一曲幽远的长歌。千百年来，古镇因河而建，因河而兴，碧波荡漾的河水，生机勃勃的植物，配上周边白墙黛瓦的农居房，一条停靠着的乌篷船，给人一种"水墨江南"画面感。对运河两岸现存的古桥、历史建筑等进行保护性修复，使昔日繁华的运河，又能以有声有色的"古韵"，呈现在我们的面前。

浙东运河开凿之初，主要是为了周边农田灌溉的需要，让萧绍平原土地肥沃，成为鱼米之乡。至南北朝时，会稽郡成为当时经济重要区域，水路行旅日渐繁忙；至唐朝时，运河水路往来更为频繁，成为"浙东唐诗之路"的重要路线之一。而南宋定都临安（今杭州）之后，运河更成为当时重要的航运河道，南宋皇室去绍兴祭拜宋六陵都要走浙东运河，并在衙前休整，等候吉时到了再启程。至清末，浙东运河的重要性才有所下降，但仍然保持着畅通。官河历史上一直是作为沟通杭绍甬地区的重要水上通道而存在，凡是要从杭州到绍兴宁波之间往返为官、经商、揽胜，都是从钱塘江上的西兴等渡口过江，然后在官河上坐船前往。相传，场面最为壮观的要数乾隆皇帝祭大禹陵，数十里巨舟御驾过官河，沿河住户张灯结彩。古时老百姓认为这条河是朝廷的，所以民间一直称它为"官河"。它与京杭大运河一样是世界文化遗产中国大运河的重要两段，因钱塘江而彼此相连，是萧山历史文化的重要承载地。直到近代以后，在公路与铁路等交通方式的发展冲击下，运河的航运作用才日渐萎缩。

而在一百多年前，就在这条千百年流淌的官河之畔，衙前农民运动再一次让它走到了近代中国的聚光灯下。早期共产党员当中最早关注农民问题的沈定一是土生土长在官河边的衙前人。1921年4月，沈定一着手开展农民运动，筹办衙前农村小学校。在席卷全国的五四爱国运动当中，浙江"一师"的很多师生先后来到衙前农村小学校，他们除了向农民传播知识，也向农民传播革命思想。他们的教育理念对现在的我们来说是很有借鉴意义的，也是很超前很先进的。农民们听了那是如见天日。沈定一和其他革命者一起，成立了第一个农民协会，又通过了第一部农民革命行动纲领——《衙前农民协会宣言》和《衙前农民协会章程》。衙前农民协会是在中国共产党领导下，全国第一个新型的农民革命组织，而衙前则成为萧绍平原农民运动的中心。衙前农民运动是中国共产党成立后领导的第一次有组织有纲领的农民运动，是一次伟大的尝试，被称为"全国农民运动历史上最先发轫者"，从此拉开了中国近现代农民革命斗争的序幕，其影响深远。这次农民运动虽然时间不长，经历了三个月左右后被血腥镇压，但它为中国农民革命运动提供了宝贵的经验和教训，显示了农民群众潜在的伟大力量。

这些年来衙前打响"红色衙前、古韵官河"旅游品牌。一方面挖掘农运亮点，以成功创建国家级爱国主义教育基地为契机，有效丰富"全景农运"文化内涵，不断加强"一馆四点"基础设施更新维护，大力发展"红色旅游"和"廉政文化旅游"；另一方面做好官河文章，通过启动官河两侧景观通道的规划、保护和建设等工作，全面打造沿官河的老东岳庙、衙前老街等景点，使之串联成线。镇、村两级联合将村庄沿官河两岸的房子按照"修旧如旧"的方式改造，窗户换新的，廊柱也换了，外墙进行了重新粉刷。这样一来，房子虽然新了，但古味更重了，居住在两岸的百姓都觉得很是舒心。不仅房子变了，周围的环境都变了：门口的路宽了，沿河绿化多了，环境更加好了，来参观的人也不曾间断过；白墙黛瓦，镂空窗户，挑檐飞角，木质大门已经成为这里的"标配"。

官河的衰落并没有阻止衙前发展的脚步。有着近百年历史的104国道穿镇而过，可以说这条路是近现代衙前的经济血脉。道路两侧一座座加油站预示着交通运输的繁荣，而一排排整齐的现代化厂房格外显眼，这里是贯穿整个衙前镇东西走向的交通要道，被称为衙前的"十八里经济长廊"。20世纪八九十年代起，不少衙前企业家从这里白手起家，发扬"敢为人先，永不满足"的农运精神，在经济发展浪潮中一次次开拓创新、引领潮流，锻造了一批又一批化纤、钢构网架等领域的"生力军"。

衙前镇凤凰村是中国共产党领导下的第一次农民运动的发轫地。"有，要大家有；好，要大家好"，一百多年前，李成虎烈士喊出了农人最朴素的共同富裕愿景。在凤凰村老胡书记心中，百年农运精神则概括为"民富村强大家都要好"。凤凰村集体获得的"第一桶金"是一座开业于1985年的加油站，是衙前镇第一座加油站，也是浙江省第一家联营加油站。这座加油站，是村里改革创新发展集体经济，想方设法创造财富的起点。通过村民筹资、运作集体资产等方式，凤凰村成立了村内第一家股份制企业，打造杭州市首个外来人口集中居住社区，吸引务工人员。在发挥集体经济"统"的功能的同时，又推动私营经济发展，先后建立三个市场，让村民在家门口就能做生意。以"先富带后富"为目标，2005年并入交通村、卫家村两个欠发达村后，迅速出台

"一碗水端平"政策，将整个村庄按工业、商贸、文旅重新分区建设，通过新建厂房、商铺实现村级经济增收。目前，凤凰村的村级经营性资产已达到十亿元，也是衙前镇当代村级经济发展中的领头羊。凤凰村的一次次"涅槃"，正是衙前经济不断迭代发展的缩影。如今凤凰村村民的获得感，是衙前近年来补齐短板，聚焦小单元，绘画出"大幸福"带来的成果，成功创建为全国老年友好型社区。

在如今的衙前这片红色沃土上，一座工业大镇拔地而起。已经发展拥有六百余家工业企业，其中一家世界五百强企业、三家中国民营五百强企业，拥有众多行业佼佼者。在衙前镇近十八平方千米的土地上，集中了两大产业：化纤和钢构网架。最具代表性的龙头企业是世界五百强企业浙江恒逸集团和揽下国家科学技术进步一等奖的浙江东南网架集团。浙江恒逸集团是从衙前针织厂起步，经过近五十年的发展成为一家专业从事石油化工与化纤原料生产的现代大型民营企业，以"建百年长青基业，立世界名企之林"为使命，按照后向一体化发展路径，确立了石化产业、石化贸易、石化金融、石化物流的"石化＋"战略思想，先后在全国民营企业当中率先成功涉足聚酯熔体直纺和PTA项目，与中国石化合作建成己内酰胺项目。由此，浙江恒逸集团在国内同行中形成了独一无二的"涤纶＋锦纶"双产业链驱动模式。"一带一路"重点项目——恒逸文莱炼化项目被誉为中文两国旗舰合作项目。而成立于1984年的浙江东南网架集团，是一家大型多元化高新技术企业，集团以建筑钢结构为主，涵盖大健康、房地产、新材料、贸易和投资等多个方面。连续十多年蝉联中国民营企业五百强、中国制造业企业五百强、中国建筑业企业五百强。承建了像五百米口径球面射电望远镜中国"天眼"、国家游泳中心"水立方"、广州电视塔"小蛮腰"、杭州奥体博览中心主体育场、哥斯达黎加国家体育场、委内瑞拉国家会议中心等国内外标志性工程，荣获鲁班奖、詹天佑奖、国家优质工程奖等三百多项荣誉。

衙前镇的工业综合实力位居浙江省第八、杭州市第一。如果说萧山是中国县域经济的领跑者，是杭州跨越式发展的重要一极，在中国改革开放波澜壮阔的历史上，写下了属于自己的浓墨篇章，那么衙前的"十八里经济长廊"就是这典型的代表之一，是许多衙前弄潮儿"梦开始的地方"，他们从这里发家致富，走向全国乃至世界的舞台。

踏着初雪，步入衙前的盛情

◇李沅哲

从小雪节气开始，便一直等雪。

清早拉开窗帘，依旧没看到白皑皑的屋顶。雪，是冬日的限定惊喜，可遇不可求。你若老是想着，它便迟迟不打照面；反倒是你在专注或忙于其他时，它便洋洋洒洒地来了。主打一个出其不意，让你措手不及。

到衙前采风这日，正赶上气温骤降，风也是毫不客气地往领口里钻。就当作者们正谈论采风真是挑了一个"好日子"时，车里有人忙喊："下过雪了！"话音还未落下，我们赶紧朝车窗外张望，好不容易瞥见几片白屋顶。

要说这江南的雪啊，确是比别处的精贵，舍不得下。城区里瞧不见影子，到了镇上也显得偏心，有的地方有，有的地方没有。但也幸是这样的"好日子"，赏到了今冬的初雪。

雪似乎有封印的魔力，发生在雪天的事，总是不会轻易溜走。犹记得，去年的初雪也是先在寒风里挨了冻。早晨，被朋友接上后几人一同去往进化镇。雪是可爱的，就当我们在车内闲聊时，它不声不响鹅毛一般飘落人间，连绵的山林、穿山的隧道、飞越的车流，全部笼罩在缭绕的云雾中。于是，我们在车内赏到了一片缥缈辽阔的白。那位女企业家，讲述了她神奇的创业故事。

衙前，给人的感觉，是干大事的地方。

《衙前镇志》记载了其名字的来历："军队皆据山布阵，以利攻守，军衙建在近山，以便指挥。"因为聚落在"大衙"之前，故名衙前。可见衙前是要塞之地，人民更是骁勇团结。

这里，还是中国现代农民革命斗争的发轫地，爆发了中国共产党成立后最早的农民运动，即衙前农民运动。在白墙黛瓦的衙前农民运动纪念馆内，《衙前农民协会宣言》和《衙前农民协会章程》静静躺在陈列窗内。破旧的纸张，仿佛随着书页翻动可以倒回烽火连天的岁月。百年前，面临塌江、旱涝与军阀混战苛捐杂税的多重重压，农民苦不堪言，是它们为苦难深重的农民发出了有力的呐喊。

1921年9月27日，红色的火种在衙前东岳庙点燃。农民在此集会，发出声势浩大的抗租减租的高呼，宣告成立衙前农民协会，提出了"世界的土地应该归农民使用，由农民所组织的团体保管分配"的革命主张。自此，在面对声势浩大的收租船队时，农民有了强大的底气和凭据。

在位于东岳路1号的衙前乡贤陈列馆内，一件件和粮食有关的老物件儿引得作家们驻足围观。"斗"是比较古老的度量谷物的器具，形似木桶，可以很好地避免把粮食提起来称重，但这也让地主剥削农民有了可乘之机。衢前农民运动发起后，"公斗"被写入《衢前农民协会章程》。根据章程，农民协会做出按原定租额三折交纳和根据年成好坏交租的决议；统一了交租使用的升、斗——把每斗十七市斤的"大斗"，改为每斗十五市斤的"公斗"，得到了广大农民群众的拥护。

运河赋予衢前历史以厚重感。浙东运河衢前文化园内，八百余件石雕文物，仿佛每一件都被文字或图案刻入了故事，让我们在冷风中慢下了脚步，慢下来去认识一个陌生的名字，探究一块石头的深意。

在一排陈列整齐的石雕墙脚下，一个个短小的石柱上，刻着"蒋界""衢前乡界"等字眼，有的是区别河与河的界碑，如"八行堂史"，有的是区别于府邸宅院的界碑，还有的是区别于乡界、店铺的界碑等。

有趣的是，我们在一排姿态各异的石狮子中，领略了一系列丰富的表情包。可爱的小狮子，歪脖儿显萌态。原来，从它们的姿势可以看出性别。讲解员说，公狮子一般往右看，母狮子往左看。如果分不清方向，还可以看狮子脚底踩的是啥。一般而言，公狮子脚下踩球，母狮子脚下是小狮子。

在瓷展厅，密密麻麻的瓷片占据了好几面墙，青瓷、白瓷、青白瓷、色釉瓷、彩绘瓷样样俱有，有的被制作成文创产品进行展售。近几年，政府对瓷文化的保护与推广，可谓用心良多。从陶瓷非遗技艺的保护传承，再到几家陶瓷博物馆的落地，足以见得，瓷器的魅力并未随着时间的流逝而消退，文化信仰正让国人呈现迸发向上的精神风貌。

突然想起英国诗人约翰·盖伊写过的一首诗。他在《致挚爱古老瓷器的夫人》中写道：

她的胸中燃烧着怎样的狂喜？
为何她的眼中又充满惆怅的憔悴？
每当她令我欢喜的眼神从我身边扫过，
我是多么幸福，多么快乐！
可是新的疑惑和恐惧在我内心挣扎，
难道有什么样的情敌在我旁边？一个中国瓷罐。
瓷器就是她灵魂的热情，
一尊杯，一只盘，一片碟，一个碗，
就能点燃她心中的希望，
就能点燃她的欢欣，或打碎她的宁静。

中国瓷，一件器物而已，在诗人眼里却不仅仅是一件器物，这源于其背后的美学价值。它，凸显着凝聚劳动人民智慧结晶的技艺之美，表达时代精神与意蕴的形态之美，更承载与传递着人类情感的人文之美。约翰·盖伊这般对中国瓷拟人化的表达，醋意十足却又不失美感，无疑给了瓷另一种生命力。

登上凤凰山，又走过童话般的凤煌乐园。田园过山车、凤凰列车、彩虹滑道……将今日份的惊喜拉长。田园萌宠在各自的房间躲避寒冷。各种各样的色彩，矗立在绿皮火车旁，它带我们穿回百年前的光辉岁月，一睹前人敢为人先的英勇无畏，也将今人载往热火朝天的未来，就像那只高飞的凤凰一样。

雪，带着冬日特有的寂静与浪漫，悄悄抚过衙前的天空。它的盛情，正随着一串串冰凌的消融缓缓流露。高山静穆，山木萧条，充盈的半日行走，在可口的餐桌前再次停下脚步，屋内围坐剥笋吃鸡，欢声作响，亦有清欢。

千岁老翁话乔迁

——东方朔书简

◇安　峰

主人：

见字如晤！

老朽乃你家窗栏上之东方朔也，有两千岁老迈之躯，却亦有不老之童心。但年纪大了，总爱打个盹儿。大约几个月前，我睡了长长的一觉，醒来之后，发现周遭情况，全然不对。主人爽朗的笑声，我听不到啦；萝卜干炒毛豆的香味儿，我闻不到啦；黑毛卷卷的名叫"螺蛳"的黑猫，我也找不见了。这真是奇了怪了。但是还好，我的另外三个同伴，那三块窗栏板，都还在。第一块是祥云纹，平时笑眯眯的不言不语；第二块是和合二仙，只管频频点头，祝你吉祥；第三块是豹子加喜鹊，谐音就是"报喜"。我问报喜板上那只最爱碎嘴的花喜鹊，我们为啥换地儿住了。花喜鹊说，换地儿？换地儿就换地儿呗！我们住哪儿不是住呀！这只花喜鹊，没心没肺的，问它可真是白问了！我只能去问和合二仙。他们俩在那窗栏板上待的时间也久了。我说我们怎么会换了个地方，来到另一个宅院里？我们的主人去了哪里？那一对笑眯眯的和合二仙，双掌合十，对我说话，他们从来都是异口同声："主人已往新居去，该地空余老宅楼。老宅年久恐失修，且将石窗来出售。拆卸一空剩窗洞，窗洞补平无烦忧。遂别柯桥到衙前，小宅院里长相守。"看他们喜滋滋的模样儿，我可是气不打一处来。哼！你们就那么开心吗？我就不相信，主人你不打一声招呼，就让我们别了老宅，换了人家！老夫可是东方朔，谁能骗得了我？我就对和合二仙说，他们的话，我信一半儿，我还是要回柯桥老家找主人问个明白。和合二仙又异口同声，说我当时正在酣睡，喜鹊来叫了，还叫不醒。这时，花喜鹊也来帮腔说："收留我们的新主人，姓邵，头发有点儿花白，是土生土长的衙前人。他待我们可好啦，可好啦，可好啦！给我们安顿好了，又让我们和各处来的奇石佳画做个伴儿，让我们不寂寞，不寂寞，不寂寞。当时我们搬家，我提醒你来着，说搬家了，搬家了，搬家了，你让我别吵别吵，再吵给我一拐杖，我就只能闭嘴了，闭嘴了，闭嘴了！"

主人，当时我半信半疑。我决定用缩骨术，把我自己缩小成寸把长，爬到花喜鹊的背上，让它驮我飞回柯桥老家，去问一问缘由。行前我让它找一顶清朝人的瓜皮小帽。花喜鹊问我为什么要戴这顶帽子，我说我们家的老宅乃清朝中叶所建，回去探望，当戴清人瓜皮小帽前往。到了村里，啪啦一下，我又恢复了原来的身高，但是不瞒您说，我头上那顶瓜皮小帽，似乎不受待见。村里人看到帽子，眼神都怪怪的。我不管这些，我活了两千多岁，什么滋味我没尝过？但到了主人的老宅子里转了一圈，老宅关门上锁了，几乎也搬空了，你们真的都去新居了，"螺蛳"也不在了。它本来很喜欢偎在我的身边，特别是冬天，那姿势还特别销魂哪。这时我有一大半相信了和合二仙的话。花喜鹊引路，让我找到了村里正在晒暖的一位老邻居老张，那拱着手的老张所说的，和合二仙所述的八九不离十。主人啊，是我贪吃贪睡，错过了和你们道别的机会！这时候老张指了指我头上那顶瓜皮小帽，对我实话实说："这位老哥诶，我们村里年纪最大的老头都不兴戴这个老古董了，老哥头上这一顶是传家宝吗？"

我摸摸头上的瓜皮小帽，笑了笑。花喜鹊后来告诉我，当时我确实笑了，不过笑得比哭还要难看。但老张另一句话，马上又让我打消尴尬，别有一番滋味。老张说："你这东西是草是宝，自己吃不准，交给衙前那个收窗栏的邵师傅去看一看，准错不了！你图方便，一扔了之，说不定是个损失。他看到好东西，会掏钱买，买下了就运到他院子里放出来，给大家看个新鲜。所以么……"

"哦……"

我好像明白了一点儿什么。

这趟回老家，让我安下了心。不瞒您说，我后来在衙前小宅院的日子，是越过越滋润啦！白天有参观者对着我们哇啦哇啦，兴奋地说这说那，晚上，我和新房子里的新朋老友也会拉拉家常。没办法，树老根多，人老话多呀！我是白天睡不醒，晚上睡不着，睡一会儿醒来，精神好着呢！

瓜皮小帽我早让花喜鹊衔回退还，和合二仙这里呢，我也主动上前，请求二位原谅了。我说老朽我向二位致歉了，二位兄弟让老夫安心在此，我情况不明盛气凌人，实乃倚老卖老。他们呢？笑眯眯的，还真没往心里去。主人啊，你若有空，不妨到我们新家来走一趟，来看看我们哎！

我们的新居，说是新居，住的都乃老物件儿老字画，他们都对我挺友善。我们越来越像一家人了。甚至我身边还有一张床头带镜子的、做工考究的眠床，看过的不少人都想上去睡一睡。那天我从老宅归来，腿脚发抖，人有点儿打颤，像一片风中的树叶，床头镜小姐发现我脸带病容，就好心好意让我躺床上去歇会儿。我歇了一炷香的工夫，精力有所恢复。掏出自个儿带的仙桃，吃了一口，我马上就不渴不饿，眼不花，耳不聋，腿脚也利索了。主人，我确实是不老松，是常青树，为啥我这么牛气，人世间那个东方不败的名号，就是不封给我，而是给了别人呢？我想不通，欢迎你来开导开导我！

我现在的新居地址，是萧山衙前凤凰南苑路。我家门前就是清波荡漾的萧绍运河。我在我们老宅子里度过的岁月，一向悠哉悠哉的，现在这个对外开放的小博物馆，人来人往，气氛可是大不一样，所以老夫我更要提着一口气儿，用足足的精气神，对付各位游客的观赏，不枉我偷桃祝寿的东方朔名号！对了，如果你来的时候，我正好睡得香，请让花喜鹊叫醒我吧。你认准了，我们家的门头上，写的是"衙前文化历史博物馆"。这封信，我托萧绍运河上的船老大给您捎上，愿您一切如意，吉祥安康。

我，等您来！

千岁老翁　东方朔谨上
某年某月某日

衙前见闻

◇沈 荣

2023年开春的时候，我接受了俞梁波兄的邀请，到萧山衙前采风。衙前镇位于浙江省杭州市萧山区中东部，地处萧绍平原腹地，是中国化纤名镇、国家钢结构产业化基地。

其实，我对衙前的理解，还是来自几年前的创作，当时受杭州市党史办的委托，进行红色经典创作，其中有一篇是专门写衙前的。

当年沈定一到衙前创办第一所教育农民子女的农村小学校——衙前农村小学校，在传授文化知识和实用知识的同时，向广大农民宣讲革命道理。

接受革命教育的农民们，在不久以后就在东岳庙集会，宣告成立衙前农民协会，颁发了经农民议决的《衙前农民协会宣言》和《衙前农民协会章程》，提出了土地应该归农民使用，由农民所组织的团体保管分配的革命主张。衙前农民协会的成立，推动了萧绍等地农民运动的全面发展。

所以到了衙前，第一站就去了沈定一当年创办的小学校旧址。梁波兄有心，还特别邀请了沈定一的后人给我们介绍了当时的情况。旧址不大，大约有两进的屋子，后面有个小院子，屋子靠近塘河，显得幽静雅致。

就是在这里，在这片红色的热土上，一百年前，爆发了中国共产党领导的第一次有组织有纲领的农民运动——衙前农民运动。它揭开了中国现代农民革命斗争的序幕，显示了农民群众中蕴藏的巨大革命力量，让红色精神代代相传。

看完历史，梁波兄还特意安排我们前往衙前两家有代表性的企业，一家是从事石油化工与化纤原料生产的浙江恒逸集团，而另一家是承建了五百米口径球面射电望远镜中国"天眼"的浙江东南网架集团。

参观的时间并不长，但是给我的冲击力确实是巨大的，在浙江恒逸集团，我看到了衙前人积极进取、布局海外的开拓精神；而在浙江东南网架集团，我则看到了衙前人踏实肯干、精益求精的工匠精神。

一百年前，李成虎烈士喊出了"好要大家好，有要大家有"的呼号。而如今的衙前人，身体力行地践行了革命先烈的呼号，如果李成虎烈士能目睹现在的衙前，一定会欣慰自己的选择是如此正确。

你好，衙前

◇沈烈文

对衙前的初次记忆源于一次探险。

建立，你还记得那个山洞吗？

是衙前的山洞吧？记得，我们现在还去哩。

小时候的日子天天都是新的。上山掏鸟窝，摘野柿子，采集草药做标本；下水抲鱼虾，摸螺蛳。脚能够到达的地方，我们都会去一探究竟。

建立有发号施令的本事，我们几个胆小的男女生唯他马首是瞻。他也一直像个司令一样，统领我们，带着我们探寻新鲜事物。

有一天，他说在山上发现了一个山洞，问我们有没有胆量一起去看看，说不定里面有古墓，金银财宝数都数不过来。那时候的我们，传阅着《阿里巴巴与四十大盗》，芝麻开门，芝麻开门，以为叫上几声，什么都会有。我们几个觉得神奇，听得入了迷，开始两眼放光，好像眼前堆满了闪闪发光的金子，连晚上做梦都开心地笑出了声。

为了实现发财梦，我们准备了蜡烛、绳索、手电筒和麻袋。在一个风和日丽的午后向山洞进发。一路上七嘴八舌，各抒己见。这个洞是不是古时候皇帝的陵墓？会不会已被盗墓贼盗走了？里面会不会有水银？我们会不会被毒气熏翻？里面会不会有机关，进去了会不会出不来？会有石头屋地下室吗？或许还住着野人。

结果，并不是我们想象的那样。

山洞里面阴暗潮湿，有一种感觉叫寒气逼人。顺着石壁往里走，发现几间石屋子，屋子里有石凳子、废弃的杂物，蜘网上结着水珠，湿气很重。偶尔鸟雀惊飞，忽一声，翅膀扇动，好像人生的齿轮开始转动。我们头皮发麻，呼喊着"鬼来了，鬼来了"，争先恐后地逃出山洞。

山洞外是野路，荆棘丛生。建立也是听别人说的。宝贝一点儿也没有，我们有些失望。后来才从大人的口中得知，那是一个防空洞，在衙前的凤凰山上。

第一次听到衙前这个名字，有一种威严感。之后查找其由来，原来在唐朝时，已经有"衙前"的名字，而且有军队驻守。《衙前镇志》记载，当时军队皆据山布阵，以利攻守，军衙建在近山，故名衙前。

还有一座名字很好听的山——凤凰山。大山里飞出金凤凰，寓意美好。

第二次去时，我们已经不再害怕。一直走到山洞的另一头，爬出洞口，外面是一个悬崖，想来确实是一个良好的避难之所。

建立说，那个山上有一座碑，很大，很高，我们去看。我们爬上山顶，发现了"中山林"三个字。这座碑是为了纪念孙中山先生逝世三周年而建立的。他独自矗立在山顶，给人的震撼不亚于第一次见到上海的东方明珠塔。对于几个从小在泥地里摸爬滚打没见过世面的农村孩子来说，纪念碑的意义胜过很多书本上的教条。

衙前的初时记忆与革命有关。了解之后，原来衙前是浙江省历史文化名镇，曾经爆发了中国共产党领导下全国最早的农民运动。红色衙前的印记从小就在脑海里了。后来，慢慢长大，在瓜沥与萧山之间辗转，衙前是必经之地。印象最深刻的是每天早上与晚上的公交车在衙前中学前停留时看到的一张张青春洋溢的脸。公交车上，挤满了上学或放学的孩子，欢愉的叫闹声使整个车厢热闹非凡。项漾村、新发王、吟龙村、东庄王、新林周，还有南庄王，一站一站过去，孩子们像到点的时钟一样从没有出过错地下了车，奔回家。这样的日子持续了五六年，随着时间的流逝停留在记忆里，那一个暗恋着女生的男生恐怕现在已娶妻生子了吧。

四十年过去。我们从小孩子长成了中年人，衙前在改革开放春风的吹拂下，早已日新月异，发生了翻天覆地的变化。

建立说，那个山洞里住着一个小龙女。

我说，如果有小龙女，你是不是就是杨过呢？

建立笑笑不说话，这样很美好。

你好，衙前，别来无恙。

老家就在官河边

◇陈于晓

官河，顾名思义，就是官家的河。据说，当年乾隆帝祭祀绍兴大禹陵，走的就是水路，数十里巨舟御驾过官河，两岸住户张灯结彩，"那场面的壮观……"我记得讲述人说到这儿，有意停顿了一下。我清楚，这个传说，也正好说明了当时官河的繁华。

记得在我小的时候，官河上还是船来船往，蛮热闹的。我老家离官河不远，走上一会儿，就到了官河边，就在衙前镇新林周一带。依着官河，南岸是人家，北岸是当时螺山乡供销站的一排店铺。连接南北两岸的是新林周大桥，儿时，新林周大桥是我走得最多的一座桥。我后来查过相关资料，说新林周大桥在很早以前为木桥，明弘治七年（1494）才建为石桥，1949年后，改成铁架桥，1997年又改建成钻孔灌注桩梁桥，钢筋水泥结构，长二十五米，宽六点五米、高六米。

有时候我会傻傻地想，假如当初对新林周大桥进行建设的时候，能够不在原桥上重建改建，而是在旁边另建一座，那么现在，木桥、石桥、铁架桥、钢筋水泥桥，跨在官河之上，依次排列着，又该是怎样的一种风景呢？当然，现在只能这么想想，其实有哪座老桥，经得起风雨和时间的剥蚀呢？留在我记忆中的新林周大桥是铁架桥，我记得上桥和下桥时，走的都是石级，在小孩子的眼里，又陡又高，要费一番力气才能爬上去。石级的中间，有青石板铺成的狭窄通道，可以推行自行车。那时候桥上行人很多，早出晚归的时候，用摩肩接踵来形容，也不为过。

桥北的通道上，有个"小集市"。清晨，趁通道边的店铺还未开门，两旁摆满了菜摊，摆摊的都是附近的菜农，往往是自家种的菜吃不完，拿来换几个钱。通常，在石板上铺上一张油纸或者一只麻袋，摆放上秤和要卖的菜，搬个小凳子一坐，就是一个摊位了。也有不带小凳子的，就蹲在那儿。往往，到了早上八点或者八点半，在店铺陆续开门之后，菜不管卖完卖不完，"小集市"都得散了，你不能在门口老占着，影响人家店铺的生意。店铺是供销站的，脑子活络的菜农会跟店铺职工套近乎，时不时送上一把菜。这样，卖不完的菜就可以寄放在店铺里，由店铺职工帮着卖掉。

"小集市"分早市和晚市。早市是在店铺开门营业之前，晚市自然也在店铺关门之后，那时候店铺是集体的，关门都比较早。相比之下，早市要喧闹一些。记得刚结婚的时候，我和妻子也去卖过菜。如果没记错，卖的是青菜。那年，父亲种了不少青菜。因为菜贱，父亲觉得还不如外出打工更来钱，眼看青菜都要烂在地里了，我们就在一个休息天，起了个早，割了菜去卖。但还是晚了，占不到好位置，我们就蹲在上桥的石阶上，摆着叫卖。也许是价廉物美吧，记得不到两小时，两箩筐青菜就卖完了。我们数也没数，回家就把一大堆纸币和硬币，交给了父亲。父亲很高兴，多喝了一碗黄酒。

新林周大桥北，有一家茶馆，坐西朝东，从南窗望出去，就是粼粼波光的官河。在我很小的时候，几乎每天一大清早，爷爷都会带着我和妹妹去茶馆。茶馆是店铺中开门最早的。像爷爷一样，很多上了年纪的人，都有个每天清早去茶馆喝茶的习惯。记得茶馆的茶叶并不好，是叶子很大的那种，好在茶客们的喝茶之"意"，其实也不在茶，而在于聚会聊天。旧年，传媒不发达，茶馆是传播交流信息的好场所，用爷爷的话说，叫作"灵市面"。我和妹妹没有耐心，过不多久就吵嚷着催着爷爷回家了。手头稍稍宽裕时，爷爷就会花三分钱，半两粮票，去隔壁点心店要上一碗馄饨，"收买"我们。馄饨端上来后，爷爷就一边看着我们吃，一边对我们说吃不完不要紧，他会吃的。其实我们每一次都吃不够，哪有吃不完的。回家后，我们说起，奶奶笑得直不起腰："你们爷爷嘴馋，想从小孩嘴里抢食吃。"

在什么都需要凭票供应的"票证"年代，供销站的生意并不忙。除了逢年过节，我们很少去商店买东西。现在回忆起来，只有废品收购店的印象深一些。记得读小学时，我迷上了连环画，但又没钱买。于是一天到晚捡废品，不过那时候地上真干净，哪有废品可捡。我花了差不多一个月时间，也只捡得了一些破布头和碎玻璃，碎玻璃记得废品收购店是不收的。但去卖的时候，收购店好歹还是给了我八分钱，我心中有一种说不出的高兴，因为八分钱，刚好够买一本最便宜的连环画。"票证"

年代，有时有钱也买不到东西。记得读初中时，已是20世纪80年代，记不清是哪一年了，听说供销站有上海牌手表供应，不用票，但每天只卖几只。母亲为了给我买一只，凌晨就去排队，还是卖完了。第二天，母亲吃过晚饭就去排队，终于在商店开门时买回来一只手表。

现在想起来，官河边的新林周，不过就邮票这么大，却是我童年的"远方"。当年的螺山乡政府，在新林周境内，也在官河边上。乡政府的北面是片很大的荷塘，荷塘通过石拱桥连着官河。现在想起，那一塘亭亭荷花，似乎还荡漾在我的眼前。小时候的我得过一种病，我后来想，也许叫"百日咳"。因为久治不愈，后来父母不知从哪儿听来了一个偏方，说是日出前荷叶上的露珠，可以治疗我的咳嗽。一连半个月，父母天天凌晨去官河边，为我取来露珠。还有几次，父母干脆叫醒睡梦中的我，让我一起去，一边采露珠一边让我喝。我现在已经记不得喝了露珠后，我的咳嗽有没有好转，但对官河边那流来淌去的月光，至今还记得很清晰。

旧时的官河边，有着长长的青石板纤道。在出门依靠步行的年代，我们经常走纤道，只是我好像没有看见过纤夫。我记得有时沿着官河，走去看露天电影，人家灯火很少。有的晚上，月色真的很皎洁，至今我都觉得，那月光乳白得如梦如幻。无月的晚上，尽管星星很多很亮，但依然得打着手电。那时的夜，太黑太静，夜稍一深，就黑得不见灯火了，虽然有虫鸣声伴一路，但常常是虫鸣河更幽，只有脚步声特别响，你走快的时候，仿佛官河水也会跟着晃荡起来。不光是我们小孩子，很多时候，连大人也不敢独自在官河边走夜路。

如今想来，我记忆中的新林周官河，是水墨画卷一幅。我不知道从什么时候开始，这幅水墨溢出了彩色，两岸都是新房子了。有一年回老家，我特意到新林周官河边走了一圈。旧年的螺山供销站，循着记忆，仿佛还能找到一些"片段"，但"面目"都是新的。站在新林周大桥上望，仿佛纤道还隐约着。想去看看纤道，我在岸边密密麻麻的人家中，绕来绕去，似乎每一个弄堂的深处，都是一堵墙，我竟然找不到哪里有个出口，可以让我走到官河边，最后只得作罢。

但这又是数年前的事了。这两年，衙前镇正在整治官河，官河水清了幽了，两岸的违法建筑被拆了，一条旖旎的官河又回来了。依依官河水，日夜不停地流淌着。日子一直在往前走，我知道，我们其实是不可能回到旧年官河的。但我们可以通过整治，留住官河的许多"记忆"。比如，让依旧的水声，欸乃出画舫一只。

嗍一口杨汛的春味

◇黄建明

清明，是萧山美食的一个关口。

过了清明，有些萧山美食就走味了，再也回不到清明前的那种美。

比如茶叶，明前茶味道好，价格也贵；比如毛笋，清明前还躲在土里，既有冬笋的鲜，又有春笋的嫩；比如螺蛳，清明前螺蛳还未繁殖，肉质肥美鲜嫩，体内没有小螺蛳。

在萧山，有这样一个小村，那里的乡民，一到清明就忙碌起来。

这个小村，位于西小江边，叫杨汛村，位于衙前镇，当地有一项祖祖辈辈传下来的活计——"耙螺蛳"。旧时萧山各地，都有耙螺蛳的习惯，最为有名的是杨汛村、湖头陈和昭东。昭东是萧山有名的水乡，现在以养鱼为主；湖头陈东靠湘湖，北临官河，现在已整村拆迁；只有衙前的杨汛村，许多村民还在靠耙螺蛳为生。随着衙前经济的飞速发展，老百姓就业机会增加，加上耙螺蛳是风里来雨里去的活，非常辛苦，所以耙螺蛳的村民渐渐少了。如今，村里还有四百来条小舟。只是耙螺蛳的人大多在五十岁以上，偶尔有年轻人来耙螺蛳，权当是一种乐趣。中央电视台《探索·发现》栏目组曾经走进杨汛村，对杨汛村具有历史沉淀感的渔耕文化和特色美食文化进行了探寻，既有细节，又有趣味，还有生活的小情怀。

去衙前杨汛村嘬最正宗的清明螺蛳，品尝江南水乡的"季节限定"，是一种最江南的惬意。杨汛村的螺蛳宴，有八大碗。就是将螺蛳制作成螺蛳三鲜、水煮螺蛳、酱爆螺蛳、鱼烤螺蛳、酱油蒸螺蛳、咸菜蒸螺蛳、螺蛳肉南瓜羹、螺蛳肉炒韭菜八种菜品，道道都是美味，颗颗都有风味。嘬的时候，螺蛳里一定要有汤汁，把螺蛳肉嘬出来的同时，把汤汁也吸进去，实际上，汤汁是螺蛳的精华部分，有了汤汁，一方面鲜味更浓，另一方面嘬螺蛳时更省力。如果螺蛳烹饪的时间太长，嘬不出来，就用筷子把螺蛳肉往里顶一下，再加一点汤汁，螺蛳就基本上能嘬出来了。

萧山民间有"笃螺蛳过酒，强盗来了勿肯走"的说法，很好地诠释了螺蛳的鲜味。想起小时候，家里穷，父亲喜欢喝土烧酒，当然也只能喝土烧酒。土烧酒还有另外一个称呼，叫枪毙烧酒，父亲从生产队收工回来，枪毙烧半汤碗，剁螺蛳一碗，腐乳两块，笃悠悠地独食起来。父亲喜欢喝既呛又便宜，几角钱一斤的枪毙烧酒，不喜欢喝柔的黄酒。如果没有枪毙烧，如果没有我们兄弟俩去池塘里摸来的螺蛳，他也许很难挺过那一段艰苦的岁月。

想必住在官河边的沈玄庐，也是极爱笃螺蛳过酒之人，或许他会一边喝会稽山黄酒嗍螺蛳，一边思考中国的未来，中国农民的未来；想必在西小江上讨生活的李成虎们，虽然喝不起土烧酒或黄酒，但对于水中的螺蛳定是喜爱的，因为除了螺蛳，再也找不出如此价廉物美之物。如此说来，衙前的螺蛳，有壮胆的功效，使李成虎们走向了人生的辉煌。

螺蛳也让我的童年充满了乐趣。暑假，池塘里摸来的螺蛳，除了自家吃，还会拿到三里外的义桥街上，零售五分钱一斤、批发三分钱一斤卖掉，把换来的钱当作零花钱，记忆最深的，还曾用螺蛳钱买了一本字典，从此爱上了码字。

螺蛳成了节日，成了卖点，成了远方游子的乡愁，也成了杨汛村的诗和远方。农家的生活简单，一颗螺蛳就能丰富农家的好时光。在杨汛村，在衙前，在流淌的春意里，幸福奔跑而来。

衙前的春天，就潜在西小江里，潜在西小江的螺蛳肉里。嗍一颗杨汛的螺蛳，满口都是春味，浑身都有劲道，让我仿佛看到了浪里的童年。

红色衙前的印记

◇陈亚兰

衙前是碧水悠悠门前流，凤凰依依山不孤的一个美丽乡镇。古时候是"人们东出西入、南渡北往的驻足之地"。

遥想当年，仅百来户人家的一个村庄，竟然点燃了中国农民运动的"第一把火"，成为农运圣地，给这个不起眼的小镇踩下了一个庞大的红色脚印。

说起农运，20世纪80年代初在党史课上，一位老师说，1921年9月爆发的衙前农民运动是我党领导下的第一个农民革命运动。浅见寡识的我，仅知书本上耳熟能详的几次起义，从未听说过萧山衙前，就奇得很。

当时我眼中，曾经的衙前，曾经的坎山就是沙地。沙地是滩涂，是草房，是荒漠一片；是在江风里养蚕，烈日下种麻，黄沙里摘棉花的区域。

今天走进农运馆，默读了一幅幅奋不顾身、揭竿而起、淡泊就义的图片，我内心云涌。一个个宣言、呐喊、发动、斗争的场景在思绪中慢慢展开：一个安静的村子突然热闹起来，一条死沉的小巷，在呐喊中拥挤，一扇扇古老的门窗在沉默中瞬间打开，反抗的脚步声撞击着逼仄的石板路。多年不堪忍受的苦难农民，扛起田园的锄头铁锹，奋起反抗。心境突然被一张大网罩了进去，身临其境般地看到了这场轰轰烈烈的农民运动，看到了负有伟大历史使命感的一个壮举！

映入眼帘的一个个生动场景和"见锄锹如见须眉"的斗士，让我久久难忘。

李成虎降生于1854年，他生长在一个"破裤无布补"的年代，从小饱受了贫寒。

在1920年的那个初夏，他和农户们一次次去催讨被拖欠的油菜籽钱，却见那长辫子的油坊老板满脸鄙夷不屑的样子，油坊老板手一甩，叫人把他们一个个推出门外。李成虎和孤立无援的农户们嘀咕着，想办法要用一只权力的大手，以助一臂之力。李成虎裹着破衣转了几个身，即去找沈定一，求他出面帮助催讨。这时的沈定一刚从上海回来，结识了中国共产党早期活动家们。

沈定一听了李成虎的倾诉后，亲自出面去催讨，哪知耳边夹着铅笔的油坊老板，头一甩说，他不是不想还，而是无钱归还。这使得等钱养家糊口的破衣兄弟们无路可走。沈定一掏出自己的银钱分给农民佃户。同时，面对沉默中不能掌握自己命运的农民说："苦难的农民兄弟，团结就是力量。一根麻秆易折断，一捆麻秆就折不断。"李成虎听后，深切体会到自己几十年生活的苦难悲惨。穷人要保护自身权益，需要大伙的力量。他不顾年过花甲的高龄，"揭竿而起，挺身而斗"，成为村里觉醒最早的农民之一。

他赤着脚穿越寂静的小巷，摸进日久年深的一个个破墙门，一次次和苦难兄弟们诉之于理、动之以情地交谈，还趁沈定一去村里演讲时，上街鸣锣敲鼓，召集农友们前来听演讲。在他的召集下，坐南朝北的东岳庙前各处赶来听演讲的农民，从最初稀稀拉拉的几十人增至数千人，深受苦难的农民，萌发了哪里有压迫哪里就有反抗的思想。

1921年5月，正值青黄不接的季节，农民从一日三餐减为两餐，只能以稀薄的米汤来充饥，地主和米商们却趁机暗地里相互勾结恶意榨取农民的血汗，将每石米价从十元抬高到十三元，没有话语权的苦难农民面临断炊的窘境，欲哭无泪。李成虎认识到与其等着饿死，还不如去拼个性命。他随即解下腰间的白布褡膊，缚在扁担上，呼着口号，带领瘪肚破衣的农民向坎山、瓜沥进发。这支赤脚小分队，一脸菜色踏在泥泞的小路上，精神抖擞翻过小山坡，越过小河流。在呐喊中，沿途饥民不断加入，他们也解下自己腰间褡膊系于竹竿上，追随的人员越来越多，小分队成了一支庞大壮观的队伍。一路上打掉了趁机哄抬粮价的数家米店。这场声势浩大的反抗迫使米商恢复了原价，农民兄弟清醒地认识到，只有团结起来，才能保护自身的利益。

继而到了六七月份，连遭暴雨袭击，濒临钱塘江海湾的农田，被洪水冲垮。这片淹没在水中的庄稼，急需排水，但浙东运河和西小江的养鱼户为了中饱私囊，用密集的竹箔阻挡了向外排水。农户们眼见农田已成一片汪洋，心急如焚地要求拔去竹箔，却遭到养鱼的地主豪绅蛮横无理的反对。这下激怒了李成虎，他再次率领受灾农民，向绍兴县知事严词责问："吃鱼要紧，还是吃饭要紧？"知事看到这些要饭吃的农民，扛锄背锹地站在面前，他用力吹去嘴角那截烟尾无奈地说："我去命令养鱼户，立即拔去竹箔。"

终于农田的水哗哗畅流于河中，农民活命的那片庄稼保住了。

在李成虎的带领下，濒临绝境的衙前农民一次次在反抗中取得胜利。李成虎成了大家信任的一名"虎将"，只要他一下令，大家都积极响应。

这时，早期共产党活动家们一起商议，酝酿组织农民协会。李成虎听说农会成立代表着农民对苦难的摆脱，是保护农民兄弟权益的。他积极地鼓动农友们说："有，要大家有；好，要大家好！我们要饭吃，要减租，就要办农民协会。"敢做出头橡子的李成虎，成了农民协会的领头人，他自告奋勇地说："头，我来做！我老了，不要紧的！有祸水我担着！"

经过宣传发动，1921年9月27日，坐落于萧绍运河南岸的东岳庙前，各地农户心怀美好的憧憬，三两结伴，或四五成群，赤着脚拖着草鞋、披着破衣从四面八方赶来。在一片黑压压乌毡帽的攒动下和欢呼中，衙前农民协会成立了。大会上，发布了《衙前农民协会宣言》和《衙前农民协会章程》，大家热烈推荐李成虎为农协委员，并选举他为议事员。会上，李成虎慷慨激昂地痛诉了农民的苦难史，强调成立农民协会是农民摆脱贫困命运的一条路子，大家必须团结起来同地主豪绅展开斗争。

农民协会成立后，以李成虎为首的农协委员，开始领导农民开展抗租减租斗争。协会提出了"三折还租"的决议；统一了交租使用公斗量租；取消地主下乡收租时另加的"东脚费"。

提出减租宣言后，萧绍一带农民深受鼓舞，他们奔走相告。有的划着乌篷船如赛龙舟似的哗哗赶来，有的撑着敞口船载满"乌毡帽"像潮水般涌来，一起到衙前农会索取宣言和章程。

衙前农民协会的影响迅速波及周围三四百里、八十二个村，他们都轰轰烈烈地仿照衙前积极筹建农会，开展抗租减租斗争。正在萧绍地区农民运动风起云涌时，地主豪绅心惊胆战惶惶不可终日，反动当局在惊恐万状中想方设法镇压。

事件就发生在1921年12月18日，东岳庙前正在召开农民协会联合会会议时，反动当局派出了武装官兵，突然包围了会场，抓走了农民协会委员单夏兰、陈晋生等人。12月27日下午，正在田里埋泥的李成虎被密警带走。李成虎心知肚明，这是反动当局下的毒手，便放下泥锹轻蔑地说："去便去，怕什么？"随即破衣一披，昂首挺胸地走了。哪知这样一走，他就再也没有回来。

被铐着手铐的李成虎，面对庄知事慷慨陈词："我是衙前农民协会议事员，我是主张组织农民协会的，我还是三折还租的提议者，怎么（样）？"

庄知事青着脸呆愣了。突然，他瞪眼竖眉，抖动稀疏的短须，"啪"一下，拍起惊堂木："哼！你，你！好一个农民协会的议事员，我赏你一副脚镣！来！钉了镣，收监去！"

李成虎凛然无畏地说："要杀就杀我，不用多啰唆，穷人总有一天会出山的……"

李成虎当即被钉上脚镣投入牢狱，在敌人的严刑审讯和残酷折磨下，他始终凛然无畏。

1922年1月24日下午2时，被摧残得不能动弹的李成虎，死于牢狱，终年六十八岁。

李成虎牺牲了，轰轰烈烈的农民运动遭到血腥镇压。衙前农民满怀悲愤，在凤凰山上苍松翠柏间安葬了李成虎的遗体。衙前人为了纪念他，在通往南墓道的运河上架起了"成虎桥"，桥边石坊柱子上分别镌刻"吃苦在我；成功在人"的楹联。在东岳庙设"成虎堂"，挂上他的遗像，两边分别陈列着他生前使用过的锄头和铁锹，四周挂着沈定一所撰"为群众而牺牲，问耕耘不问收获；振义声于陇亩，见锄锹如见须眉"的挽联。

这样一个热血悲壮的故事，诞生在萧绍平原腹地的一个小集镇——衙前。李成虎以自己的生命，给我们留下了一段沉重的记忆，他以凛然无畏的精神为农民革命翻开了新的一页，划出了黎明前的一缕曙光，点燃了革命的火星，燃遍浙东地区的农村，一处如此，各地皆然。衙前，这段宏大历史留下的红色印记，正激励着一代代人，循着"虎将"精神奋勇前行！

走进衙前这片土地

◇黄坚毅

四月的风，带着一丝丝的凉意，温柔地拂面而过，我们在钱塘江南岸的衙前，感受到的这一丝丝微暖的春风，也把我带入那个激情澎湃的年代。

处于钱江南岸的衙前，是一片浸淫着红色的土地，夹带着潮湿的气息，穿越过阡陌港汊和渔耕乡间，吹来。而这一片裹挟着工业革命的旋风，也将这片土地装扮成现代都市，要寻找那一束一个世纪前的高光，也有些艰难。只是凤凰山上那一座普通的房子，仿佛承载着那一段20世纪的初潮，哪怕是一闪而过以失败告终的激情岁月，也足以让人回忆一个世纪。

衙前人为之自豪的历史记忆，要追溯到20世纪20年代初期。在上海黄浦区兴业路76号那个会馆里诞生了一个伟大的组织以后，中国从此就兴起了一波红色的革命运动。这把火在一个萧山人沈玄庐的带领下，迅速蔓延到了衙前的乡村角落。

衙前农民运动纪念馆，就是记载这段轰轰烈烈的壮丽历史的展馆，它坐落在衙前镇凤凰山上，占地面积一千平方米。1999年9月25日正式对外开放，2016年衙前镇对原衙前农民运动纪念馆和红色衙前展览馆进行了两馆合一，并于2021年9月完成了新馆的提升改造。展馆以农民运动为主题，结合五四运动和今日衙前的繁荣发展，以百余幅历史照片、文物展品，再现了我党领导的最早农民运动的过程。展馆分为"天灾人祸、苦难农民""宣传发动、思想觉醒""烽火衙前、农运先声""精神不死、星火燎原""百年初心、接续奋斗"等五个板块，全景式地生动诠释了衙前的那场伟大的革命运动。

在一个世纪前的那段波澜壮阔的激情岁月中，我们最应该记住的是那位年近七旬的农民李成虎，他是一位革命的斗士，他是一个无私的贫农，纪念馆里有他的一帧画像，仿佛诉说着他的革命的坚定性，他浓眉大眼，沉着而刚毅，自信而执着，朴实而坚强。由于长期受地主的欺辱和压迫，一旦接受了共产主义思想的启发，他马上就变成一个坚定的斗争者。李成虎出生在鱼米之乡衙前，幼年丧父，靠母亲乞讨为生，在患难中成长。他的青壮年时期，正是清朝政府腐败不堪，中国日益沦为半殖民地半封建社会的年代，人民遭受帝国主义、封建主义的双重压迫，灾难深重。在地主官绅苛捐杂税和重租高利的盘剥下，李成虎一家与周围穷苦农民一样，终日辛劳却度日维艰。因此，他一经中国共产党早期党员和先进分子的宣传启发，即从自己几十年的苦难经历中，深切认识到穷人的出路就是要大伙团结起来，"揭竿而起，挺身而斗"。他虽然年近古稀，但斗争精神和革命意志绝不输年轻人。

1921年他在早期共产党人沈定一的指导下，积极投身革命，发动周边农友，于9月27日成立衙前农民协会，他当选为委员。衙前的革命火种就这样熊熊燃烧起来了，他们办学校、教识字，斗地主，打土豪，分粮食，一时间有八十多个村成立了农民协会，十万余村民参加。真是"收拾金瓯一片，分田分地真忙"。这是浙江历史上第一场农民革命运动。但这场革命运动很快就被镇压下去了，随着革命者的不断被捕，革命运动也就偃旗息鼓了。1921年12月27日，萧山反动当局派秘密警察诱捕了李成虎。入狱后的他遭受严刑审讯，但他始终坚贞不屈，凛然无畏。1922年1月24日，李成虎在萧山县狱被反动狱警凌虐致死，后归葬于凤凰山。安葬仪式由沈定一主持，他亲笔书写墓碑："李成虎君墓，衙前农民协会委员之一，十一年一月二十四日害于萧山县狱中，其子张保乞尸归葬。"李成虎的牺牲和衙前农民运动的被扼杀，得到当时社会各界的同情和支持。上海《民国日报》副刊《觉悟》在1922年2月7日发表《李成虎小传》及一批声援、纪念文章和报道。上海工商友谊会也于同年2月派代表赴衙前凭吊李成虎，并捐资在凤凰山巅竖立纪念碑，上镌"精神不死"四个大字。在他被害一周年时，五四时期的著名诗人刘大白在《成虎不死》的挽诗中写道："成虎……你的身子许是烂尽了吧。然而你的心是不会烂的，活泼泼地在无数农民的腔子里跳着……你的身死是田主们的幸，你的身死心不死，正是田主们的不幸啊！"这首诗是对李成虎一生革命行为的高度概括和赞美。

乡贤与文化

◇陆永敢

　　杨汛村，这块面积不大的土地上，有这样一批人，他们出生在故土，长大后，或出仕远走高飞，或经商走闯天下，或求学事业有成，他们是乡村走出去的精英，凭着热爱故土的满腔情怀，凭着一心公益的奉献胸怀，反哺桑梓，回馈乡里。这就是人们口中的新乡贤，他们或引智，或奉资，或献技，或传术，促进公益事业，传承优秀文化，在村民中赢得了极佳口碑。

一

　　当你走进衙前镇杨汛村，一座高大宽敞醒目的渔耕文化礼堂，矗立在你的面前。这里凝聚着新乡贤们对家乡的一片浓浓乡情，表达出他们对传承家乡文化的一片爱心与无私奉献。

　　渔耕文化礼堂，总建筑面积一千四百平方米，耗资四百多万元，全额由新乡贤慷慨解囊，自2021年9月18日动工开建，历时八个月，圆满竣工。时间之短、速度之快、质量之优令人赞叹。这是一处新乡贤自行设计、自行施工的充满渔浦文化的建筑，明亮的礼堂大厅，功能齐全，可供二百多人集会、聚餐，举办演艺活动。

采风这天，衙前镇新乡贤联谊会杨汛村分会会长徐树康，满面春风接待大家。徐会长，1958年出生，精力充沛，有着丰富的工作经验，从事过许多行业，担任过许多社会职务。他多才多艺，博闻好学，对村民、对公益满腔热情，对馆文化更是倾尽全力。他不仅带头捐资，参与文化礼堂的设计与软装，还全程督导工程进展，是新乡贤中的一位杰出代表。他专攻画技，这成为擅长的追求。他设计规划，宣传讲解，接待来客，总是热情洋溢，一丝不苟。

漫步在一楼主厅，高大宽敞、渔网形状的屋顶图案，明暗对流；网格的地砖，一体平实；徜徉其间，闲庭信步，仿佛是巨型网箱中的鱼类，在水中自由游弋，鱼翔浅底。"可以办演出、放电影，当健身场地，还可以给村民办喜事。"徐会长慢条斯理地介绍着："二楼设有乡贤联谊会办公机构，有儿童培训室、图书室、会议室等；三楼为渔耕文化实物展示厅，在那里，通过老宅旧院、生产劳作、乡风民俗等内容的展示，人们可以领略到杨汛村的历史文化与村民生活，等下我们一起上去参观。"

三步之内，必有芳草，他们是村里的芳草。群雁高飞，必有头雁领衔，他们是村里的领头雁。渔耕文化礼堂，能成功拔地而起，顺利落成，是新乡贤助力乡村振兴、实现共同富裕的一个生动缩影，是一件值得称誉的大事与好事。如今所处的位置，相当于村内的"南京路"，人员最聚集，人气最旺盛。典礼隆重，人们奔走相告；夜幕降临，舞蹈队整装排练，吸引无数村民围观。村民们，在这里看到了未来品质生活，体验着对美好生活的追寻。

二

在徐会长带领下，去三楼渔耕文化实物展示厅。这里的图画实景，文字实物，铭刻着许多曾经的故事，记载着村庄的昨天与今天。你看：桥还是那座桥，路还是那条路，船还是那个模样，村庄还是那个村庄，小店还是那家小店，只是换了人间。栩栩如生的展示，让人一目了然；内容翔实的表达，使人清晰可见，摸得着，忆得起，记得牢。本村人看见，心潮澎湃，意气风发。游客们观后，感慨万千，激动无比。

展示厅内展示的各种渔具，塘埝、拖网、打网、游丝、弹钓，讲述着各自的沧桑。"以前渔网用棉线制成，采用猪血上浆，用锅蒸制而成，目前采用塑料尼龙等材质代替。"徐会长平和地回忆说。一只小巧精致的小划船，引来参观者的兴趣。"水面作业，离不开小划船。小划船是我们村的专利，小小船身，两头上翘，宽一米、长七米左右，船体分为三舱，前为生活用品舱，中为货舱，后为作业舱，船身用杉木打造而成。陈列的这只小船，按比例缩小，是我亲自打造的。"徐会长侃侃而谈。

渔耕文化，记载更深远的是有关捕捞与耙螺蛳的往事。杨汛村，地处西小江畔，拥有江岸两千六百多米，过境段江面宽阔、水草丰茂，不仅鱼虾丰富，还盛产螺蛳。村民们为了生存，为了繁衍，向水面要产业、要捕捞、要养殖，向大自然讨生活。历史上，村民们为保障权益，还与绍兴渔霸争夺过捕捞养殖权，发生过群体性械斗，致村民被殴致死的惨烈事件。共有的水面，为什么我们杨汛村没有捕捞权、养殖权，公理何在？全村人怒发冲冠，揭竿而起，攻入绍兴渔霸吴家大院，砸房子，烧饭吃，逼着渔霸出让部分水面，最后，以村民争得应有的权利而告终。1949年之后，西小江，一江两岸亲，碧波映黛，绿水扬帆，共有共用，人们和谐相处。

与螺蛳有关的产业文化，在杨汛村有着悠远的传统，可以追溯到很早以前。20世纪50年代，村民习惯用螺蛳肥田，当年在杨汛村的耕地里，螺蛳壳堆积如小山，村集体办起螺蛳壳厂，把螺蛳壳研磨成粉，作为农田肥料使用，销往邻近公社、大队。20世纪70年代，村里成立"捕捞队"，下设三个小组，连续运营四年之久，社员们耙获的青壳螺蛳，颗大肉壮、风味独特，曾经远销上海、杭州、宁波、慈溪等地，成为人们餐桌上的美味佳肴。

徐会长滔滔不绝：耙螺蛳，没有特殊技术含量，无须资金投入，只要体力与经验。一时间，村民们汇聚小渔船数十条，齐刷刷从江中耙捞野生螺蛳，吸引众多游客沿岸观赏。师傅们把船开到河沿停稳后，站上船头，拿出两件耙螺蛳的工具，一件是看着像"簸箕"的竹制器皿，一头连着长柄；另一件是一根长竹竿，头上绑了一块竹片，便可操业。师傅找准位置，放下"簸箕"，用那根长竹竿，一下一下地把河底的螺蛳耙进"簸箕"里。水下作业的原理，像岸上一手拿扫帚、一手拿畚箕一样，一手负责耙，一手负责兜。然而，看似简单的动作，要从水中把螺蛳耙到"簸箕"里，是一门技术活。首先，脚下是船，腿脚要站稳；其次，手上的力道要大，才能把簸箕从水里提起来；最后，哪里螺蛳多，你得凭经验，老手们一看就明了。

耙螺蛳，是杨汛村的传统副业，也是最本味的乡土文化，曾经登上过央视，在一代代传承里，这项独特的技艺成就了独特的非遗。而一颗小小的螺蛳，不仅是老百姓餐桌上常备菜品，更是蕴含丰富的文化内涵。正可谓"小螺蛳、大文章"。螺蛳烹饪可以多样化，螺蛳三鲜、水煮螺蛳、酱爆螺蛳、鱼烤螺蛳、酱油蒸螺蛳、咸菜蒸螺蛳、螺蛳肉南瓜羹、螺蛳肉炒韭菜等等，民间有"八大碗"之称。螺蛳肉鲜美可口，富有丰富的蛋白质、钙等元素，本地人有句俗语"清明螺，抵只鹅"，"笃螺蛳过酒，强盗来了勿肯走"，说明螺蛳这道菜的诱惑力。同时，嘬螺蛳还是一门技术活，利用左手或右手，用食指与拇指捏住，用嘴巴衔住螺蛳开口处，屏住气，用一定爆发力，猛力向内吮嘬，方能使螺蛳肉脱壳，吮嘬成功。当然，也有熟练者，无须双手，将整颗螺蛳衔在嘴中，秒能完成。有人调侃说：嘬螺蛳，反复劳作，有助于增强肺活量，有利于肺健康。

三

人们熟知的杨汛村，开始并不叫杨汛，而称杨新。说是杨新，全村没有一户姓杨的，恰以徐姓最多，张姓、周姓紧跟其后。新，又是个动态字眼，可以不断更新，永远与时俱进，没有一丝地名特色。然而，此地南临西小江，常有潮汐出没，又与绍兴杨汛桥镇隔江相望，当地人自以"小杨汛"而称，故而才有如今的杨汛村，流传至今。

村内的古迹文化——螺山庙，传说是为了纪念一位水利专家。宋代工部郎中张夏任两浙转运使，他积极兴修水利，筑土加堤，疏浚河流，建闸调水，将水害变为水利，他被群众奉为"江海保障之神"。原庙毁于战火，今天建在大螺山东面的螺山庙，是20世纪80年代末群众捐资而建的，这是一块功德碑，一座口碑庙。关于张夏的传说，不只杨汛人在传，在许多地方都有张夏功德的流传，人们或者为其塑像，或者为其建庙，或者为其修祠堂，有些还称张帝。尽管只要与水利有关的地方，都有张夏的故事，而杨汛村又以独特的方式给以传承与纪念。

其实，杨汛村新乡贤们的无私奉献，也可以在螺山庙中寻根溯源，找到注脚。人活在世上，要多做好事，多做善事，多做有利于老百姓的事，老百姓会铭记于心。

如今，杨汛村的乡贤与文化有机结合，渔耕雅韵与共富图景有机结合，似一棵新兴绿植，根深叶茂，落地开花。2023年4月，浙江省首个村级文联组织——杨汛村文学艺术界联合会成立；5月，杨汛村文学艺术界联合会第一次代表大会顺利召开。文化内涵丰富的十大队、室正式亮相，分别是"启航杨汛"龙舟队、"非遗传承"耙螺蛳队、树康画院工作室、火清中国象棋工作室、"锦绣港湾"舞蹈走秀队、"杨汛"文艺戏曲队、"乡村振兴"乐器队、"西小江畔"鼓乐队、"渔耕文化"宣传队、"健康体育"综合队。目前，龙舟比赛正在积极酝酿中。

杨汛村，渔耕文化、螺蛳文化、龙舟文化、乡贤文化等丰富的文化底蕴，滋润着这片土地，唱响杨汛品牌。从乡贤兴村到文化强村，是一种典范，是一块样板。作为优秀传统文明继承者与当代乡土文化守护者的新乡贤们，必将在乡村振兴的大舞台中，发挥更为有效的作用。而类似杨汛村的模式，可复制、粘贴，可仿效、传播，相信不远的将来，将遍地开花。

旧物尚在手，故事更倾情

◇项彩芬

老妈的毕业证，在老式相框的夹层中已经待了整整五十多年了，泛黄，质脆，一碰就要碎似的。老妈说："读到五年级时家里实在是揭不开锅了，提出休学，我的老师上门劝说，读书那么好的学生，至少要让她拿到毕业证书啊，你们外公啊咬咬牙又去卖了一次血，才有了这一纸毕业证书。"我们惊呼太珍贵了，对老物件虽未达泣荆之情，但看到了真心生欢喜。有一年，在老家大扫除时，我翻出了我的第一只手机，很惊讶，因为重逢前，记忆库里是一干二净了的。再看这节衣缩食后买的奢侈品，遥想当年正是最爱美的年纪，还不惜斥巨资给换了宝蓝色壳。看着它们，思绪穿越了，仿佛回到了那个时候。它们还在，我就能回忆，如果丢了，就抛到九霄云外了，怪不得有人爱收藏，收藏的是曾经书写历史的你我，可以随时被自己或者他人翻开阅读，无论是睹物思人还是思事。

入冬以来最强冷空气到来，一行人顶着酸爽刺骨的西北风，来到了衙前，却被一个博物馆点燃了热情。踏入浙东运河衙前文化园，一时有些懵圈，当看到小倪出来接待时，才反应过来这是我来过好几回的"江啸堂博物馆"，这焕然一新的博物馆已经不是我记忆中的样子了。

岁月易逝也不朽，旧颜在我记忆中，我开始思索它的变化处，最大的就是石雕从它的小馆陈列柜走到了宽阔的院子中。就像撒下一把种子，收获大几袋，数量与体积也在惊人地增长，斑驳并包了浆的老石头与雕刻精美的花鸟走兽互相牵萦，历史沉淀的艺术品魅力让每个参观者赞誉溢满，该有怎样的独具慧眼和远见卓识，才会去收集那些古老笨重的文化遗产石头。"公狮子踩球，母狮子抚仔"，一溜的石狮子，形态各异，吸引着大家去猜测，石盆、石桌、香炉、研磨的石磨；亭台、石狮、石板，两地的界碑……达八百余件，"既云戏矣何必认真着眼"，乃曰文也还须仔细留心"，本地区戏台石头台柱子，上面刻的对联依旧清晰可见传统戏曲的辉煌与繁荣。台上袅袅传唱的身影，台下人头攒动捧场的情景依稀在眼前。将零星散落民间或已流离失所的碎片堆积成一所穿梭时空的石景园，精湛老手艺和曾经的用途很治愈人心，因为每个人都有似曾相识的感觉。

面积和内容不断扩展，除了一园，还有三厅：度量衡展厅、萧绍契约展示厅、历代瓷标展示厅，每个展示厅的每一件文物都精挑细选，用心摆放。小手臂粗的大杆秤，小时候两个壮实的男人"吭哟吭哟"抬起年猪，另一个人拨秤砣砝码，年前隆重的场景历历在目。各种大小的斗，卑劣的地主大斗收进小斗卖出，强取豪夺。绝卖家产的契约上歪歪扭扭的画押符，出让者当时该是多么愁肠百结。两万余件精美瓷片分门别类，看单件可能不觉得怎么样，但堆积起来就非常让人震撼了。藏品上起汉代，下讫近现代，包括青瓷、白瓷、青白瓷、色釉瓷、彩绘瓷等，一饭一食的衍生品，有些碎片还被艺术家二次加工成精美的银镶瓷挂件或者茶托，人们赋予它们新的用途，包裹了诗意的废物利用。这些与普通老百姓息息相关的老物件的妥善留存，更慰藉人心，民间的契约买卖婚丧嫁娶喜怒哀乐悲欢离合，曲折多舛却不失坚韧，仿佛是古树的年轮，沧桑百年生活印记，往事随云走，旧物成永恒。

认识邵总已经很多年了，这个萧山话诗气罗罗（干净文雅），走路衣襟带风的男人，却踏遍各地，做起了收"垃圾"的行当，经常在朋友圈晒他收集来的老物件，谈起他的宝贝们，更是口若悬河滔滔不绝，就跟夸自己的孩子一样。

邵总躬身入局收藏，源于他对古玩字画的喜爱，他一开始是开广告公司的，工作本身就需要有独到的审美，要接触那些精致的艺术品，这仿佛带着一种古老的诱惑力，让他放弃了本职，热衷于收集旧物。过程中不仅要耗费大量的财力，更要有高超的辨识能力，还要有一直寻觅、探索的耐心和毅力，一路生花，最后还得到了村里镇里的支持。到现在，这已经不仅是一种个人爱好了，更是一种传承和保护文化的行为与责任，让大家多角度解读官河丰富的历史文化内涵。

道阻且长，行则将至，行而不辍，未来可期。

衙前流过几条河

◇朱文俭

在一个历史悠久、地域辽阔的大国度，城镇村庄密如星布。许许多多村镇如流星，迅速划过大国历史的天幕，湮灭无痕；许许多多村镇如寒星，在远天之际荧光点点，黯淡寂寞；只有幸运的少数，被簇拥进熠熠生辉的星河之中，能够穿越过悠远时空的暗礁险滩，展示出迷人的风采。地处萧山中部东端，连接萧山、绍兴两地的衙前就属于其中的佼佼者，她称心如意地汇入了几条波澜壮阔的七彩河，与星河共辉，至今依稀留存着穿越千年时间后的吉光片羽。

流过衙前的第一条河是蓝色的。蓝色，冷色调中最冷的色彩，象征着永恒，代表着温柔。这条蓝色的河是一条人工河——浙东古运河，它沟通了钱塘江、曹娥江、甬江、东海，运河蓝盈盈宝石般的光芒照亮的地方，富庶了，幸福了，文明了。

《越绝书》载，"水行而山处，以船为车，以楫为马；往若飘风，去则难从"，说的应该就是浙东古运河。这条运河的历史可以追溯到春秋时期的山阴故水道，《越绝书》记载，山阴故水道起于范蠡修建，是一条东起东小江（曹娥江），过炼塘，西至绍兴城东郭门，经绍兴城沿今柯岩、湖塘一带至西小江再至固陵的古越人工水道。它贯通了萧绍平原，并连接吴国及海上航道。在越国"十年生聚、十年教训"时期，山阴故水道上一条条运兵船如过江之鲫，浩浩荡荡开赴固陵做战前训练。越王勾践也许对西小江边的衙前只是一瞥而过，这一大片的开阔前线地带当时还很荒芜，并没有足够的理由吸引这位日后的霸主停船驻足观望。勾践献给吴王的美女西施应该也是坐船从衙前一闪而过，她那双媚眼可曾向衙前回眸一笑？

随着衣冠南渡，这段运河的手臂向东南延伸，揽住了上虞以东运河，揽住了姚江、甬江，最后伸向东海，航运、灌溉、漕运、水驿日益昌盛。此时，衙前因濒临运河而被纳入杭州和会稽两大重镇的视野，这里只是一座小小的码头，但已足够了，因为衙前已经和接下来的千余年浙东发展史、文化史绑定在了一起。稻米、海盐、鱼鲜、瓷器、茶叶、丝织品、书籍、文具、铜钱经由衙前向北向西涌向帝国统治中心，南宋王十朋《会稽风俗赋》描述了浙东运河"浪桨风帆，千艘万舻"的繁华景象。富春山水、滔滔钱塘潮、浩渺古湘湖、螺山航坞、剡溪天台，山阴道上行，山川自相映发，使人应接不暇。一千多年前，中国"山水诗鼻祖"谢灵运经此水道一游，后世特别是大唐诗人如王维、孟浩然、李白、杜甫……如仰慕神灵一般一路追随他的足迹而来。他们登上从渔浦埠始发的客船，浮湘湖，顺运河，绕螺山，溯剡溪，抵天台，一路坐对浙东山水，不信人间是非。这是一种怎样的闲适空彻心境，还郁发出飘逸的风致！

衙前流过的蓝河从时光深邃处而来，至今涌流不息。

流过衙前的第二条河是红色的。

后来，衙前成为浙东运河上的商贸重镇，又是水网稠密、土地肥沃的鱼米之乡，生活在这里的人们本该安居乐业才对。然而，20世纪初的衙前人民却生活在水深火热之中。这里的土地制度极不合理，人口仅占百分之二点五的地主拥有近百分之十七的土地，而人口超百分之五十的贫雇农，只占百分之二十三左右的土地。广大无地、少地的农民只得租种地主的田地，地租花样繁多，农民负担沉重，又连年遭受坍江、旱涝和虫害等自然灾害。

1919年后，马克思主义如潮水般席卷全国。一批早期共产主义知识分子来到衙前，开始实施"中国农民运动"的革命实践。沈定一、刘大白、宣中华等人的出现就像明灯一样，照亮了衙前人民的前进方向。在他们的带领下，中国共产党领导下的第一所农民学校——衙前农村小学校正式成立。全国第一个有纲领、有章程的农运组织——衙前农民协会应运而生。周边村县纷纷效仿，八十多个村建立了同性质的组织，十余万贫苦农民加入，涌现出李成虎、陈晋生、单夏兰等一大批农民积极分子。陈晋生曾孙陈浩善在回忆录中说："饭吃不饱，我太爷爷那个时候就说老百姓要团结起来，跟地主做斗争。"

在农民协会的领导下，各地农民开展了减租抗租斗争。农民协会做出了"三折还租"、改大斗为公斗、反对交预租等规定。这些减租的规定减轻了农民负担，得到农民群众的广泛拥护，也取得了极大成效。

可惜好景不长，1921年12月底，衙前农民运动在官府的武力镇压下宣告失败。1922年1月24日，李成虎在狱中被凌虐致死。

衙前农民运动是中国共产党成立后领导的第一次有组织有纲领的农民运动，被称为"全国农民运动历史上最先发轫者"。这次农民运动虽然时间不长，但它揭开了中国现代农民革命斗争的序幕，显示了农民群众潜在的伟大力量。这是一条通向光明的红色河流。

流过衙前的第三条河是金色的。

衙前凤凰山下的凤凰村，是中国共产党领导下的第一次农民运动的发生地，也是衙前农民运动先驱李成虎烈士的故乡。从百年前喊出"有，要大家有；好，要大家好"的口号开始，凤凰人始终怀抱共同富裕的梦想，坚守红色根基，创新发展机制，融合富民强村，将农运先锋根据地打造成美丽乡村新标杆、共同富裕金名片，凤凰村先后荣获"全国文明村""全国民主法治示范村""全国敬老模范村"等荣誉。2021年，完成村集体经济收入五千四百三十一万元，村民人均收入七万八千六百元。

在衙前，像凤凰村这样的明星村还有很多，正是在"敢为人先、永不满足"的农运精神引领下，一代又一代的新老衙前人将这个"地域小镇"打造成为"工业强镇"。

而如今，又有一条河流过衙前，这是一条绿色的河。

在这条绿色的河流中，经济发展与自然和谐共生，人们的物质生活和精神生活的全面富裕，使"老有所终，壮有所用，幼有所长"。

萧绍运河衙前段沿河企业搬走了，留下一江清澈透明的运河水，两岸葱绿步道可以让居民们走走路，跑跑步。绿色的运河成了一条独具萧绍水乡风情的新时代幸福河。

凤凰山下，衙前农民运动纪念馆焕然一新，李成虎故居、农协旧址、农协墓葬群得到了修缮，这一红色研学中心党建阵地的建立，能够更好地传播这片热土的奋斗文化，赓续红色血脉，续写时代华章。

衙前还着力在文化惠民工程上谋创新、出实招。镇村组建各类文化社团，吸引居民积极参与，有艺术团、书画社、摄影社、文学社、收藏协会等各类文艺社团。山南富村的何建文参加了农民画培训，重拾了儿时的梦想，而她所在的衙前书画社已完成原创农民画画作二百多幅，并在全国性的农民画大赛上取得较好的成绩；螺山村的方凤梅是衙前镇曲艺协会负责人，近日首次走上自己村子举办的"村晚"舞台，表演了《汉文皇后》选段《认弟》；在浙江恒逸聚合物有限公司上班的单忠民说："从我家出发，骑车不一会儿就到了，每周五晚六点半，我还要到党群服务中心三楼参加'三团三社'合唱团的训练，感到生活非常充实。"……越来越多的村民从家中"灶台"走向"舞台"。

另外，衙前有镇级示范型居家养老照料中心一家，村社居家养老照料中心十三家，实现了村村全覆盖。此外还拥有民营养老机构两家，小区内在建养老服务中心两个，养老体系正在逐步完善。2022年，衙前镇上榜杭州市"最美敬老爱老助老示范街道（乡镇）"。

衙前流过几条河，有蓝色、红色、金色和绿色，这是几条波澜壮阔的河。

难忘衙中求学时

◇张水明

衙前凤凰山下，有一幢两层红砖黑瓦的洋楼，每层六间教室，分外惹人注目，它以前是衙前高级中学（萧山三中前身）的教学楼，现在为衙前镇中。20世纪80年代初，我在这里念了四年书，参加了三次高考，留下了终身难忘的记忆。

1979年的夏天，我初二毕业参加中考，结果考上了衙前中学，当时只有十四岁，从没有出过远门。我家在来苏公社，离衙前有六十多里路，要乘轮船到萧山，再乘汽车到衙前。如果是只身去倒还轻松，关键是要挑着米去。为了省钱，不是每个星期都可以回家的，往往是一个月米要吃完了才回家。从家里到轮船码头，有五里多路，挑着二十多斤的米，要么母亲送要么姐姐帮忙挑，最怕到了轮船码头没有轮船，等了半天也不来。一次，南门江水大，轮船靠不了岸，与姐姐沿着河岸气喘吁吁地追赶，还是乘不上。只好沮丧地去十里外的长途汽车站坐汽车，若汽车乘不上，只好垂头丧气地回家，第二天出发。轮船到了萧山城区西河码头，这时离汽车站还有两里多路，为了赶汽车，又挑着米急急忙忙跌跌撞撞到了汽车站，匆匆排队买票，好不容易挤上车。到了衙前汽车站，离学校还有三里多路，没办法，只好挑着米担，沿着碎石不平的公路走几步歇一下到宿舍。有一次，到了衙前站，棉被没拿下而汽车已开往绍兴钱清去了，急死了，只好焦虑地等汽车回转，还好，棉被还在。一次放假，背着书物从衙中走着去坎山汽车站乘车，人太多，没挤上。唉，每次盼着回家，每次又担忧路途曲曲折折。

说说吃饭吧，学校里要用饭盒自己淘米去蒸饭，要么用井水，要么用池塘水。五六百人不够用的话，就要到学校外面的田边水塘里淘米洗衣。学校后来从衙前官河中接了水抽到山脚下的水塔中，放下来就当自来水，但一到浸络麻季节，官河里的水用不了，淘米洗衣又麻烦了。有一次，见山上流下来的水汇入校内的临时小塘中，水还算清澈，几个同学大胆地淘了米。

包菜每月三元钱，都是些沙地农产品，有时吃的倒笃菜嚼起来还有沙土味，有时粉丝里浸泡的疑似老鼠屎，都忍了，急急吃完饭就去教室看书。

忘不了春暖花开的早晨或晚上，拿着书去凤凰山上背书，尽管周边都是坟墓，但我们一点都不害怕，徜徉在坟堆中，专心汲取文化知识。

我们文复班教室的顶棚上，时常有老鼠"打仗"，但同学们最多一笑了之，继续看书。碰到停电，就点蜡烛。有的同学，晚上就寝后，待值班老师检查过后，悄悄起来要么去教室点蜡烛做作业，要么在路灯下看书。

　　我由于没上初三就上了衙中，比起上过初三的同学一下子掉了队，加之远离家人，从初中时的宠儿到高中的"孤儿"，成绩一落千丈，整日里郁郁寡欢，竟有了白发。回到家，邻居随口一句"少白头，想老婆"让我羞愧得无地自容，认为书没读好白了头发是见不得人的事，因此，在上课时总是心不在焉。有时，偷偷溜出校门到了凤凰山下的围墙边拿小镜子照照，看是不是多了白发，能扯掉一根也好。

　　好在衙中的学风正，周遭同学都在埋头冲"独木桥"，我尽管受到所谓的回家、白发等事的困扰，在1982年的高考中，仍考上了专科的分数线，衙中这年高考上线率很高，也许是志愿没填好，我与好几个同学没被录取。

　　继续复习，对于衙中我已是老生了。为了放松紧绷的神经，有时星期天的晚上，我会爬围墙出去到村上大操场看电影，老街上的古毕公桥走得多了，数得清台阶。学的是文科，了解了衙前农民运动史后，一天，我们来到了学校围墙外李成虎土坟前进行悼念活动。一位女同学紧握右拳，宣誓：成虎啊成虎，我们要沿着您的足迹，把家乡建设好。多年以后，我以此为蓝本，写了篇小小说《女生的誓言》，收录在浙江省作家协会选编的《礼物——献给党的十八大征文作品集》一书中，文中用衙前中学、衙前镇等实名进行了写作，使它们得到了扬名。

　　是的，衙中培养了很多国家的栋梁，在今天的三中陈列室内，那些响当当的人物就是从衙前凤凰山起飞的金凤凰！

　　刻苦学习了又一年，1983年终于考上了本科，而且超过分数线十一分。喜洋洋地骑着自行车来到衙中，学校安排我们上线的学生以凤凰山、红楼为背景拍了集体照，等待着我们录取的喜讯。谁知，第二天，我在县里体检时，竟查出了"先天性心脏病"，晴天霹雳，志愿也没得填。可是，到了12月份的征兵体检时，竟然合格了，忙去省招生办诉说，不了了之。之后，参加工作，又去插班复习考取了警校。多年以后，写了短篇小说《高考》，发表在全国性文学杂志上，获得了萧山区文联第十五届文艺成果三等奖，还收入《萧山文学七十年作品选》（小说卷）中，也算是意外之喜。

如今的衙前凤凰山青山绿水，英魂长存，富饶繁荣。衙中的艰苦朴素学风，在镇中、三中不断延续、发扬、壮大。

朝霞向凤凰

◇朱华丽

一

如果以轻盈的姿态升到半空，再俯身向下，就能望见一只栖息的凤凰静静地卧在大地上。风雨从千百年前的山顶一直流淌到今日，江潮起潮落，草木盛极又衰，周而复始，但这只巨大的凤凰始终宁静地看着山脚边的运河和运河旁的人家，好像所有的风起云涌都如过眼云烟。

这座形似凤凰的山名凤凰山，又名慈孤山。西湖边孤山养着鹤，钱塘江边的慈孤山卧着"凤凰"，是不是有灵性的鸟都会找一个有灵性的地方安顿下来呢？凤凰非良木而不栖，非醴泉不饮，想必这一定是个人杰地灵的风水宝地吧，才会让一只巨大的凤凰在此安家。

二

横贯衙前镇全境的河，被当地人称为官河，又叫萧绍运河。它一头连着西兴，一头朝着绍兴缓缓而去。

衙前镇地理位置优越，自然和丰富的水系或者说得浪漫点，和因水而生的声音脱不了干系。清代乾隆中叶前，有这样一番景象，镇北北海塘外横着滚滚东下的钱塘江，镇南有西小江蜿蜒东去，镇中横贯浙东运河。

水是江南的独特地理符号。有了水，事物变得柔和、丰富和生动，这些特质也慢慢汇聚成来自四面八方的声音：浪击千里的声音、商旅匆匆走动的声音、船只交互欸乃的声音、岸边商家吆喝的声音，以及石板和青苔缝里发出生长的声音，每一种声音都混合着水的质感扑面而来。

水流的声音同样带来了"吴越通衢"的十里繁华。

比起往日的繁华，如今，运河更像一个上了年纪的老者，停在时间的这头，潺潺的流水映衬着岸上的黑瓦白墙和一个个高高挂起的大红灯笼，仿佛还依稀诉说着曾经。

运河边飞檐翘角古意依旧，夜色在灯笼中摇晃，白天市井的烟火褪去，留下古韵。你撑一把江南的油纸伞，在微凉的暮冬，听着淅淅沥沥的雨声，和古人走在同一条路上……

三

水在古代既赋予了这片土地财富，也让这片土地的人们敬畏，在和水的斗争中，寻找着天、地、人之间的平衡。

当地的老百姓有供奉"潮神"的习俗，这位"潮神"据传是北宋景祐年间两浙转运使，首创使用条石砌筑海塘，建成从六和塔到青阳门十二里海塘，后因公殉职被朝廷追封为"宁江侯"，历代屡受追封，当地的老百姓敬称他为"张老相公"。张老相公的传说从一个个年长者的口中传述着、流转着，不光是衙前，周边乡镇坎山、南阳等东片地区都有供奉"潮神"的习俗，所以"沿江十八庙，庙庙供张公"的说法也就有了民间的依据。

农耕时代，人的力量有限。缘水而居的百姓会信奉龙王、潮神；依山而居的人们又把愿望维系在山水天地间，比如"支山腰""认干亲"。我想起前不久，几位作家去泰顺翁山采风，陪同我们的当地翁姓族人说，在山里，人们为了让自己或者家人健康顺利，有"认干亲"的风俗，除了认人之外，还可认山中的一块巨石、一棵大树，希望神力庇佑自己。原来人和自然的关系这么简单，既可以是斗争的关系，也可以是相互依赖的关系。人们在从事这些民俗仪式的时候总是自发的、无意识的，这种内心的维系甚至已经超过了愿望本身。

此刻的"张夏祭"，在新林周村的"张夏行宫"，距离海塘不足百米，离运河也在咫尺之间。祭祀时流程都有讲究，在场的人不厌其烦地重复着仪式的流程，活动中还伴随着会戏、庙会，

"张夏行宫"场地的简陋丝毫不影响人们心中像潮水一样涨起来的祭祀情绪，毕竟每年才两次。每年举行"张夏祭"，分春、秋两期，谓"春祠秋尝"，以此祈求平安。

"张夏"带给当地老百姓的不止庇佑，他舍身治水的奉献精神和改革创新精神为宋韵文化增添了浓墨重彩的一笔。2022年，张夏祭被正式列入第七批杭州市非物质文化遗产代表性项目。

"舟行八千年，浪击三千里"，水从湘湖的八千年而来，奔腾向杭州湾入海，萧山人与水的关系追溯久远。渐渐地，他们与水融为一体，既敬畏水，又依赖水，他们的品格里也流淌着水的品格，人的血液里也奔涌着钱塘江的浪潮——柔中带坚。钱塘江畔、浙东运河边的衙前人也是如此，他们孜孜不倦地在风雨飘摇的暗夜寻找光亮。

四

总有一群人，像夜幕中划过的星子，亮过又熄灭。我有时也会在心中问自己，如果遇到同样抉择的时刻，是否也能成为夜空中的星辰？

一座红色的小镇，只要你走进这里，就会发现不需要过多的渲染，"红色"的韵味早已布满了小镇的每个角落。衙前是中国农运的发轫地，凤凰山南麓的衙前农运馆里，展示着那个时期在这片土地上发生的人和事，屏息倾听，似乎还能感觉到越来越热烈的革命斗争……衙前农运带头人李成虎烈士的墓落在凤凰山上，山的西北坡是农协的墓葬群，那里同样长眠着革命者陈晋生、沈仲清、陆元屿，在黑夜中无数次为明日的阳光而出，如今他们不用再那么累了，他们和凤凰山融为一体，永远守护着山脚下的这片土地。

风雨的至暗时刻，随着呐喊声离我们越来越远，倒在血泊中的身影在历史中消失了，又在舞台上缓缓站立起来。一枚小小的印章，一段穿越时空的表白，那些诗意的语言、画面在烽火中交织，情感在灯光明暗中澎湃。瞿秋白、杨之华……一个个人物从台词里走来，从幕布里走来，从遥远的时空里走来，绍剧《秋之白华》在萧山剧院首演的时候，无数人对衙前这段红色的岁月有了更形象的了解，高亢激越的绍剧唱腔将这一段历史诉说。岁月从来不是静好的，总有无数人在荆棘中举步维艰，才有了现在的坦途。

一群参观者陆续涌进农民运动纪念馆。

讲解员带领着参观者，向大家熟练地讲解着："大家好，欢迎来到我们衙前镇凤凰村，现在映入眼帘的这座山叫凤凰山，海拔高度只有九十四米，能够俯瞰整个凤凰村和衙前镇，还能看到南面的绍兴和西小江。那为什么叫凤凰山呢？"

五

晨曦微露，迎着山间的微风，从南麓登上凤凰山顶，草木茂盛葳蕤，鸟鸣声不绝于耳。到了山顶开阔处往下望去，此时的我们正在一只巨大的凤凰之上。

"凤凰"传奇

◇金海英

海拔九十四米，山形似跪卧栖居的凤凰，山因形名，村由名显。先明所见即所识，自然有自然的璞真意味。

一百多年前，"有，要大家有；好，要大家好！"那激奋的振臂一呼是那么振奋人心，惊天动地，如同一道闪电划破黑沉的夜幕，寻着那一丝微光，终于让梦想照进了现实，共同富裕的康庄大道越走越广，和谐美好的新画卷淋漓生动。

"星星之火，可以燎原。"党的信仰的一颗小火苗在革命的腥风血雨中落入萧绍地区，萧绍地区上千农民齐聚东岳庙共商要事，宣告了衙前农民协会的成立，揭开了现代农民革命斗争的序幕。一时间，《衙前农民协会宣言》《衙前农民协会章程》如同长了翅膀一般不胫而走，成了农民手中反抗无良地主的抗租利器。一个朴素的农民心声经历了千年的万难阻碍，为的就是土地还得归农民使用，三折还租是合理的。协会运动轰轰烈烈三个多月后虽经当局镇压偃旗息鼓，但"天下农人耕者有其田"的火种就此埋下并暗流涌动，积蓄力量等待着再一次的迸发。

"中国革命史上的农人这位要推第一个；四山乱葬堆里之坟墓此外更无第二支"，英雄李成虎被刻上了石碑，长眠于凤凰山。凤凰的羽翼轻轻盖在他冰冷的躯体上，唱一支安魂曲伴他入眠。从此，凤凰山上披上了一段永载史册的传奇佳话。

时光荏苒，凤凰山上风起云涌，凤凰山下沧海桑田。凤凰人途穷求变，想尝"头口水"与国营企业"攀亲"，建起浙江省第一个联营加油站。得天独厚的交通三岔路口红火了"路口经济"。车来车往络绎不绝的加油站回报了村集体经济的"第一桶金"，当年就分红三十万元，村民瞠目结舌还以为是梦中的一个笑话，也不知艳羡了四方八邻多少人。凤凰传奇真实起来，它乘着东风振翅起飞。

每次路过104国道三岔路口西边的加油站，好像也没觉得它有多么气派、多么亮眼。如果没有被点破，你一定不会想到它的前世今生有那么光辉的历程。"站"不可貌相，"油"不可斗量，一个勤勉的人往往有着朴素宁静的外表，加油站大抵也是如此，无须急于褪去历史岁月痕迹。油照样加，车子照样跑，凤凰嗅着阵阵汽油香，绕村三匝，造福一方。

油光光的凤凰村处处都是油光发亮的，红利年年有。开门七件事不再难为巧妇，"老吾老、幼吾幼"的民生保障妥妥帖帖，惹得全萧山人眼热杀，恨不得也能摸一把凤凰的尾巴毛。

共富起来的一只翅膀健壮有力，共美起来的另一只翅膀也缓缓扇动，双翅同频翩然而起，凤凰村的凤凰传奇又有了新内涵。官河悠悠，阅进革命波澜壮阔；青山静默，见证人间正道沧桑。山河为证，如凤凰般炫彩的游步道勾画生活多姿样貌；避暑胜地水上乐园清凉惬意，不亦乐乎；乡村嘉年华的凤煌乐园御风而起，活色生香吸睛圈粉……生态宜居，生活和美的乡村留住慕名客的脚也收下慕名客的心。这只金凤凰不再是可望而不可即，现在人人都能近距离搭一程"凤凰于飞"的快感。

如今，凤凰村的三岔路口依然像个梧桐树的三枝杈。南来北往客总会在这里稍事休憩，许多人的远景规划就是从这里起步的——向东，可达绍兴、宁波甚至南下温州务工就业；向西，直抵萧山、杭州乃至更远的外省求学求技。萧山北片人穿过凤凰山沿着一段蜿蜒的乡镇道路驻足三岔口选择东西一方，向着梦想奋力追逐。二十三年前，也是在这里，天还是蒙蒙亮的，我在父亲的护送下踏上了一辆驶往温州途经温岭的长途客车，一路迎着朝阳去求一份真知真才，学成后折向西面到了萧山就职。人需要凤凰的东西翅指引，一个个一代代有梦之人梦想成真。

凤凰村的核心区块就围在这三岔路口，巧合的是村里一切的发展都与三岔口有着千丝万缕的联结。三岔口见证了精神的凤凰、油光的凤凰、悠闲的凤凰，以后还会有更多的名词定义这只凤凰。

三岔口会有迷茫，会有抉择，其实，机遇也自在其中——选对了路，那就是多元发展彼此成就。

行走衙前

◇张　琼

　　再一次行走衙前，是在这一年最冷的冬天，突然的降温让我们猝不及防，但眼前的衙前，却带着文化的温度迎接着我们的到来。

　　"不是你们去采风，是衙前的风在采你们！"刺骨的寒风扑打着脸庞的时候，俞主席的一句话让我们在瞬间明白了行走衙前的意义。

　　衙前的风带着运河的味道，我们行走着，运河在我们身边泛着古老而又鲜活的微光。在这道光里，有一种叫历史的东西让我们迷恋。

　　运河边的衙前，是江南粮仓、绵延千载，与中华民族共生的古韵之地。与衙前同生同长的官河，是京杭大运河的一条支流，自古繁华、源远流长。

　　一个城市需要有这样一条古老的河流，而它不是一条普通的河。它在多少年的星辉与月华之下，被岁月时光淘洗，许多船只在水里穿行，留下历史与往事，也留下了衙前的辉煌。它不仅灌溉百里农田，养育一方百姓，更在繁荣一方经济的同时，孕育了丰富的文化，酿造了一方文明。

都说，永恒的城市经典是一座城市外在形态与内在气质的集中体现，就像集中展示城市的一个窗口，传达出一座城市的文化底蕴、精神气质和品位追求，能够经得起历史检验，融得进群众生活、文化血脉。

那么，运河就是衙前的宝藏，它给衙前带来的不仅仅是经济的繁荣，更多的是发展与进步。一个城市，文化才是它的风景坐标和不可替代的金名片。

当我们行走在庭园石雕的文人空间里，在与石头对话的时候，我们仿佛看到了另一个自己。一张张石头桌子，古老的桐油漆，上面是一些龙飞凤舞的毛笔字。窄窄的木质楼梯上面，有很小的一个阁楼，却仿佛是一间书房。一张桌子，四张圈椅，对面是书架，灯光橘黄柔和。

同行的作家说，你有书房吗？我说，没有。在这里，看到这样一个书房，这样一个文学的心灵栖居地，我们都忽然想，自己应该有一个书房。

我能不能牵强地说，这样一个温馨的心灵隐逸地，也可能是拜运河所赐。它们中间有一段扯不断的前世渊源。

行走在衙前的运河边，是多么安静、温暖与蕴藉。我们行走在历史的风里，行走在运河潮湿的时间与历史的河流中。

从"运河文化"中走来的衙前，进入"农运文化和创业文化"，而这"三种文化"正是推动着衙前老百姓生生不息、持续前进的动力，是衙前人追求文明、创造财富、推动社会发展的象征。

农运中的衙前，是革命火种、震惊四海，与伟大党史共荣的赤红之地。"敢为人先，永不满足"，这既和谋求更好生活的运河文化内涵一脉相承，更增添了衙前老百姓一股敢闯敢试、改革创新、善抓机遇的前行者气质。

创业中的衙前，更是勇立潮头，与改革开放共富的奋斗之地。一批批衙前人，白手起家、艰苦创业、永不满足，在春潮涌动之时顺势而为，在共克时艰之际逆流而上；这是在继承运河文化、农运文化之后衍生出的创业文化，把衙前塑造成"工业经济小巨人"，为共同富裕建设打下坚实的物质基础的现实诠释。

当我们走进浙东运河衙前文化园，看看衙前和运河之间千丝万缕的联系，仿佛所有的市声都远去了，我们看见自己心灵的那部分安静祥和温暖，感受到"三种文化"在衙前人的骨子里流淌。"三种文化"是衙前发展多年来的重要遗存，更是衙前人的精神食粮。

在"衙前红·美好＋"的引领下去找寻衙前的明天，在凤凰村，我们看到诗意盎然的品质文化圈，在凤煌乐园、凤凰文化园等地，我们领略到美好生活的真正内涵。

行走衙前，我们能够更深地理解人与城之间的命运交织，特别是在凤凰村的乐养中心、健康服务中心看到如此先进舒服的养老设施，我们都发出了感慨：如果有机会在衙前度过余生，我们都举双手同意！

行走衙前，在读懂自己的同时，我们真正理解了人与城之间双向奔赴的意义。

笃信，时空腾转中，从文化中走来的衙前，必将抒写新的传奇。

凡间有幸嘣螺蛳

◇王杏芳

前不久，我带着班里学生参加了衙前镇杨汛村首届螺蛳节志愿采风活动。开幕式还原了以前耙螺蛳的场景，看着这一幕，我的思绪飘到了那久远的年代……

萧山有很多关于螺蛳的俗语，如"笃螺蛳过酒，强盗来了勿肯走""清明螺，抵只鹅"。萧山还有很多螺蛳的经典做法，如酱爆螺蛳、韭菜炒螺蛳肉、上汤螺蛳、霉干菜蒸螺蛳等。

自我记事起，螺蛳就成了我们家不可或缺的荤菜，那时，物资很匮乏，加上我家人口多劳动力少，经常会断粮或没有下饭的菜。姐姐看家里缺菜，总会带上弟弟妹妹说："走，我们摸螺蛳去。"于是，暑假酷热的午后，我家边上的池塘里总有我们三兄妹的身影。

在池塘浅水区的石缝里，螺蛳很少，因为早被村里的哑巴奶奶摸得精光。她是摸螺蛳专业户，卖螺蛳是她的主要收入来源。说到专业户，还有我二舅和我姑父，他们都是耙螺蛳的高手。没办法，我们兄妹仨只能到深水区去摸螺蛳。幸运的是，邻居家有间小茅草房，临池垒石而建，两边环水，浸水的两边石缝里爬满螺蛳，因为水深，哑巴奶奶也是过不去的，这两边的石缝间也成了我们仨摸螺蛳的最佳地盘。虽然那时我只有八九岁，但我已经学会了游泳，跟着哥哥姐姐带上脸盆、脚盆开始了我们的摸螺蛳大冒险。摸螺蛳是个冒险的活，有一次，我的手往石缝深处摸进去，竟然摸到了一条水蛇。由于心有余悸，我的手都不敢再触碰那个深水处的石缝。而此时姐姐哥哥总是一大把一大把螺蛳摸出来往盆里放，可我就那么零星几颗。最后，是老爹笃螺蛳下酒那个惬意和我们家人有了"荤菜"的幸福样貌鼓励了我，我鼓足勇气，眼睛紧闭，往岩缝深处探摸。"哈哈，你们看，我也抓了一把！"我兴奋地举起小手在空中炫耀。

摸来的螺蛳需要养上一晚，我们称为"出清"。第二天母亲就会把螺蛳屁股剪掉，这样螺蛳煮熟就容易嗍出来，如果嗍不出，就用筷子把螺蛳肉往里顶一下，或者在螺蛳屁股后面先嗍一下，这样，螺蛳肉基本能嗍出来了。

一个地方的螺蛳被我们"扫荡"后，我们就寻找新的地盘，村里的每个池塘、每一条沟渠几乎都留下了我们的足迹。有时母亲等我们很久还没回家，就会拿着一根长竹竿到处找我们，就像赶鸭子一样地赶我们上岸。我们偶尔也会调皮，扶着装螺蛳的脸盆，双脚拍打水面，"扑腾扑腾"游到母亲竿子够不到的池中央，而母亲这时就焦急地在岸上"骂骂咧咧"，至于她骂什么，也就是那些"长时间浸泡在水里不好"的教育我们的话。母亲是不担心我们下水的，因为她知道她的三个孩子都是游泳健将，她最小的孩子也有了两年以上的"泳龄"了，还曾游到池中央救过一个比她大两三岁的小伙伴。

最享受的就是一家子围坐一桌，几盆螺蛳摆满了桌子，母亲把蒸螺蛳放上葱花和酱油，挑上一块猪油，那简直是"脂欲流香满屋"了。大家专注地嗍着螺蛳，"啪嗒啪嗒"的声响此起彼伏，还有父亲一口螺蛳一口黄酒的滋味，吃出了"有幸凡间尝此物，一杯黄酒世无争"的格调。有时，母亲也会变换着螺蛳的烹饪方法，改蒸为炒，每一种做法我们都觉得是人间美味。有一回，我吃完了平时的饭量，又添了一碗，然后连螺蛳汤汁都一并拌饭吃光。母亲笑着说"饭桶"，我笑，一屋子人跟着都哈哈大笑起来。巧手厨香引客魂，佳肴何必羡豪门！清汤寡水的饭桌上有了螺蛳这道荤菜，给原本贫困的家庭带来了味蕾上的满足和幸福。

今天，衢前镇杨汛村首届螺蛳节，更让我们看到螺蛳不仅是美食，更是历史和文化的传承，成了我们快乐的源泉之一。

渔耕杨汛

◇施淑瑛

俗话说，"靠山吃山，靠水吃水"。衙前镇杨汛村濒临大运河西小江，有着得天独厚的水域环境，村民的先辈们用勤劳质朴的生活，以捕鱼、耙螺蛳为生，孕育淳朴民风、传统技艺，创造了自己的渔耕文化。有山有水的周围是人们理想的居住地，也是游客流连忘返之地。

记得读初中的时候，特别喜欢去好同学家玩，只要星期天作业不多、家里没事都会安排去哪儿玩。听家住杨汛村的同学讲，她家有一只小划船，可以去河里划船，真的很吸引人。春天的一个星期天，我们约了四个要好的女同学去了杨汛村同学家。那时交通条件不是很便利，是走着到她家的。农村基本没有马路，两边用篱笆筑起，中间就是一条泥土路。同学家在路的三岔口，是两间平房，门口的道地用几块石板铺设，边上种着蔬菜，没有围成院子。道地上放着一些工具，我们东看看西摸摸，叫不出名字，我只认识一张渔网，还有门框边上挂着的一件棕色蓑衣，是遮雨用的。伯父看我们好奇，指着地上的工具说：
"这些都是用来捕鱼耙螺蛳的，毛竹编制的像篮子的叫盘笪；长
长手柄下有很多短铁钉的叫耙；一根竹柄安了一张三角网的叫耥
兜……"我们听得云里雾里，也不知道怎么个用法，你看看我，
我看看你。这时伯父观察到我们在想什么，马上带上工具说我们
划船去。当来到同学家不远的西小江，看到河埠头停着一条小船
时，心情无比激动，我们迫不及待地走上船，按照伯父的要求找
到位置坐好。小船轻轻荡开岸边，慢慢驶向江中。伯父用耥耙既
当摇橹又耙螺蛳，他把耥兜放下去，耙子耙过来，拎起网兜螺蛳
就网上来了。我们做他的助手，把耙起来的螺蛳捡到盘笪里。看
到劳动的收获，心里不知有多高兴。这种意境让我难以忘怀。

　　四十年后的一个春天，家住杨汛村的同学发来邀请，说今年
螺蛳粒大、壳薄、肉肥，你们赶快来尝尝鲜。是的，民间就有俗
语"笃螺蛳过酒，强盗追来勿肯走"。趁这大好春光，当年去过
她家的四位女同学，再次来到曾经留恋的村庄。两边篱笆中间的
泥土路变成柏油马路，三岔路口的平房已是一幢三层小别墅，小
汽车直接开进院子。院子里以前堆放的工具不见了，换成红红绿
绿漂亮的花卉，清香四溢。伯父伯母在门口迎接我们，脸上虽然
多了几道皱纹，但精神还是那么抖擞。走进屋里，一阵香味扑鼻
而来，餐桌上摆满了琳琅满目的菜肴，当然少不了螺蛳，一碗酱
爆螺蛳，一碗螺蛳肉炒韭菜。我们边吃边聊，在聊到熟悉的过往
时，伯父打开话匣子，被风霜染浸的古铜色脸庞也变得生动起
来。他说："那时你们看到的一些陌生器具，是我家的谋生工具，
也是陪伴我的伙计。村里土地少，江面比较多，要过上好点的日

子，必须勤劳肯干。凌晨3—4点就要开船去捕捞、收网，然后赶早市。傍晚要撒网，这样第二天才可以去收网。你们看我把螺蛳很简单，其实是需要技术的，没练过的人，船里站也站不稳，捕鱼人是辛苦的。现在生活好了，捕鱼不是为了生计而是一种兴趣。我们也像退休工人一样有退休待遇，很满足了。"

饭后去村里走走，昔日简陋的民居老宅转身变成美丽乡村。村道两旁，别墅型的三层楼房一幢连着一幢，色彩艳丽，装饰繁复。小院子，门扇半开，在阳光下微风吹拂的河水中映照出梦幻般的倒影。水竹清华，姹紫嫣红。在清幽淡雅的馨香中，无比静谧、祥和。

来到西小江边，江面波光粼粼，犹如银色的彩带。江面上有几只捕捞螺蛳的船，师傅站在船头把螺蛳像独自在跳舞，熟练的技艺刚劲有力。江边的树丛随微风摇曳，白鹭飞来飞去，一切景物都是那么生机勃勃。一只装满螺蛳的船渐渐靠岸，师傅抓起一把螺蛳，看着我们说："你们看，都是青壳的，肉肥。"旁边还有一个师傅接着说："现在江里的水质是越来越好了，青壳螺蛳也越来越多。把螺蛳是我们村里的传统，年份很久了。前几天央视《探索·发现》栏目组来拍摄了村民日常把螺蛳的场景。现在很多地域文化特色逐渐被人遗忘，通过这次摄制，更多人了解了我们这地方非遗传承和地方特色。"师傅们一脸自豪，像胜利者。

转身间，一幢红绿外墙装饰的三层楼房映入眼帘，现代、大气。这是村民自发建造的文化礼堂，也叫乡贤馆。走进礼堂，就看到落地玻璃窗户，建筑宽敞明亮。一楼为活动场地，供村民办喜酒、放电影等用；二楼的多功能厅里，不仅可以欣赏到乡贤的文学作品、书画等，而且还可以了解到闻名遐迩的贤达以及为家乡做出贡献的人物；三楼为渔耕文化实物展示厅，我们通过展示的旧物件、生产劳作、乡村风俗等内容，更加深刻地了解了杨汛村的历史文化、村民生活的变迁。这些浸润着岁月韵味的特色文化符号，成为记录乡情、留住乡愁、传承根脉的最好见证。

走出乡贤馆，忍不住再回望，虽然是崭新模样的礼堂，但纯朴浓厚的乡愁无法抹去。走出村口，凭栏回眸，真是"青树翠蔓小楼，小桥流水人家"。

相信杨汛，有水的滋养，生活有滋有味，一路向前。

在衙前，来一场跨越时空的对话

◇颜林华

那一天，阳光很好，心情也不错。

借着作协采风的名义，终于有了一次放空心灵的机会。近几年，无论是工作还是生活，始终保持着激情满满的状态。套用一句网络用语，就是"像打了鸡血一般"。长期快节奏的状态，收获了许多，也失去了不少。正因为如此，才更加珍惜每一次相遇。

回归正题。此行的目的地衙前，确实是个去过还想再去的地方。

作为中共农民运动发轫地，浙东运河两岸的这片热土，一直生生不息。

1921年9月，衙前爆发了一场轰轰烈烈的农民革命运动，开创了中国共产党领导的"四个第一"。农民运动领袖李成虎，就长眠在这片红色的土地上。

2021年3月31日，"萧然·青年说"萧山区红色基因"云"传承系列活动在衙前农民运动纪念馆举行。作为这次活动的执行人，我前后多次奔赴衙前。原本陌生的一草一木，一物一景，在不断的磨合中渐渐熟悉。一场沉浸式演讲，也是一场跨越百年的时空对话。我们在时光的缝隙里，仿佛聆听到了革命先辈的教诲。百年后的萧山青年，在这里，立下了铮铮的誓言。纪念馆的角角落落，留存着无数红色的记忆，也留下了我们奋斗的痕迹。一些珍贵的史料，构成了一部红色的百科全书。遗憾的是，每次行色匆匆，都没机会仔细揣摩每件物品背后的故事。但经过几天的"朝夕相处"，我对衙前这个红色根脉打卡地有了更深的情谊。

衙前农民运动纪念馆后面不远处，就是杨之华纪念馆。馆内保存着杨之华一家珍贵的照片。透过照片，似乎能够触摸到那些并未走远的历史印记。身为中国共产党早期主要领导人之一，瞿秋白不仅是伟大的马克思主义者，也是中国革命文学事业的重要奠基者之一。他英俊儒雅，文采飞扬，更难能可贵的是，他有着博大的胸怀。他对杨之华与沈剑龙的孩子视如己出。这份"独一"无二的父爱，对瞿独伊的一生产生了深远的影响。从他给瞿独伊的信件中不难看出，他是一个真正的"好爸爸"。他给女儿画滑雪图，为她写诗。瞿独伊在苏联政府为体弱儿童办的儿童学校上学时，学校为了讲究卫生，给大家剃了光头，瞿秋白为此专门写信去安慰她。由此可见，这是一位多么细心、多么温柔的父亲。

虽然成了瞿秋白的继女，但毫无疑问，瞿独伊始终是萧山衙前人。她，还是我们媒体人中真正的拓荒者。作为我国第一批驻外记者，瞿独伊等人赴莫斯科后建立了新华社记者站。中华人民共和国成立那天，她通过中央人民广播电台，用俄语播发了这一振奋人心的消息。这些看似与我无关的讯息，却恰恰击中了我的软肋。每一个为国家做出贡献的人，都值得我们永远铭记。每一个从萧然大地走出去的英雄人物，都值得我们永远追随。

2021年6月29日，中共中央决定，授予萧山人瞿独伊等二十九名同志"七一勋章"。此时，她已久卧病榻。当女儿把这枚意义非凡的勋章送到病床前时，独伊的内心一定是万分激动的。

2021年11月26日，瞿独伊因病医治无效在北京逝世，享年一百岁。

2023年5月13日，我跟随萧山作协采风团，再次来到杨之华纪念馆。在瞿独伊前辈的照片前，我伫立了许久。她慈祥的面容带着淡淡的笑，似乎能给人无穷的温暖和无尽的力量。虽然从未见过她本人，却觉得如此熟悉。她淡泊名利，无私奉献，身上散发着一种与生俱来的独特气质。她或许，已化身为夜空中最亮的星，一直温暖着、照亮着衙前，以及祖祖辈辈生活在这片土地上的人们。

我一个过客，也如此有幸。在仰望他们全家合影的同时，和先贤来了一场跨越时空的对话。

黑暗中的一道光

◇赵显一

星期六上午，我参加了萧山作协组织的赴衙前采风活动。因是第一次，心情有点小激动，居然对这个寒风肆虐的天气，也有点不放在眼里了。

凤煌乐园是衙前镇凤凰村一个红色拓展区，位于凤凰山西南侧。走进凤煌乐园，迎面而来的是一台庞大的蒸汽机车和后面一节节的绿皮车厢，静静地卧在那里，望不到尾。这台产自山西大同的蒸汽机车已经随着历史的车轮远去，但它为我国铁路事业的快速发展奠定了坚实基础。它使我想起了吉林的那台美国鲍德温机车公司生产的百年蒸汽机车，其前世今生，曾经名噪一时，我在2009年秋天曾经有幸目睹它的尊容。据说目前已知的美国鲍德温机车公司生产的蒸汽机车只有长春这一台了。再进去，几个站立在路边的变形金刚，在寒风中有些落寞，但难掩挺拔壮硕，展现出令人惊叹的机械之美。七彩萌宠区域的动物们躲在暖和的小屋子里面，鹿透过圆形的玻璃窗，目不转睛地看着人们，鸵鸟蜷缩在那里，只有几只小山羊不惧寒风，在草地上欢快奔走。

听凤凰村老年食堂的工作人员介绍，村里对八十五周岁以上的老人，一律实行免费供餐。在食堂就餐区域，目之所及，窗明几净，桌椅整齐，旁边休息室的沙发齐刷刷地排了两列。白色的墙上张贴了"一周菜谱"和"孝天下父母，敬天下老人""老吾老以及人之老"等标语。因为刚到饭点，我们看到门口一辆电动车上，师傅正在码放饭菜盒子，工作人员解释，对腿脚不便的老人，食堂还安排专人送餐上门。参观时，由于天气原因，尽管没有看到很多老年人的身影，但是，村里推出的这些服务措施，既是惠民生、解民忧、顺民意的暖心之举，也是对老有所养的最好诠释。

浏览了安排的几处地方后，我参观了衙前信用社旧址。1924年，为解决贫苦农民的借贷问题，衙前农民协会在萧山衙前发起设立农村信用社。信用社主要开办简单的借贷业务，史料记载，截至1929年9月30日，衙前信用社共借入资金六千四百九十元，放款总额为六千八百二十元，用途以生产为主，个别用于口粮、修屋等，贷款每笔三至五元，不收取利息。由于国民党对农民运动的残酷镇压，衙前信用社于1930年停办。衙前信用社成为中国共产党领导下组建的第一个信用合作社、第一个革命金融机构，为早期革命根据地金融工作提供了宝贵的实践经验。

在小小的信用社旧址，我心怀虔诚，神色庄重。映入眼帘的是一个只有四五十平方米的营业场所，小半人高的柜台内，三位身穿长衫的信用社员工或站或坐（等身蜡像）。一名面带微笑、和蔼可亲的中年人，和一位戴着眼镜的年轻人，正在交流工作。

坐在最里边的那名男员工，翻看着账本，可能是刚刚完成一笔业务后在轧账盘点，他的岗位应该是出纳员。每张桌子上面都放着账本、凭证、笔墨、算盘等，靠墙是一排不同规格的木质文件柜，颜色也不尽相同，看样子来自社员捐助。角落有一组木制楼梯，通向阁楼，大概是员工休息或储藏物品的地方。可以想象，在这个简陋的方寸之地，曾经成就了多少贫苦农民的梦想，一个铜钱难倒一户苦难人家的旧社会，农会领导下的这家农村信用社为劳苦大众解困济难、雪中送炭，无疑是黑暗中的一道光。

柜台外面还摆放着一个文物展示柜，里面有各个时代的一些钱币和资料。紧挨着的是一块"丰收驿站"的牌子和一台银行自助机具，让我重新回到现实中来。跨越近一个世纪，衙前信用社当年播下的信合火种，带着造福百姓的使命，燃遍萧然大地。据了解，萧山农商银行衙前支行紧紧围绕服务发展、服务民生、服务改革的目标宗旨，在红色金融引领下，促进普惠提升，助力乡村振兴，在多年的接续发展中，实现了自身的不断壮大，未来可期。

凤凰山的薄与厚

◇沈永银

元旦，暖阳，一年终，一年始。

都说新年的第一天要登高望远。想想也对，新年新气象，讨一个好兆头，于是和大女儿约了一下，一起到衢前凤凰山登高。

曾经读到过：凤凰山是一部词典，年轻时读它薄，年长时读它厚。于是趁着这个假日，带着女儿一起来领略衢前凤凰山这本词典的厚度。同时也是为了完成自己的采风作业，可谓一举两得。

凤凰登山道，位于衢前镇凤凰山景区，总长度三百米。幽静弯曲的登山步道，和别的登山道没有什么区别，没多久就到达凤凰山顶峰。女儿在一旁嘀咕道，这凤凰山也不过如此，哪有什么不一样呢？

我笑笑而不语，仅仅一次采风，一次和女儿登高，此时的我也还没读够这座凤凰山，或许这就是"年轻时读它薄"吧！

细细一想，我应该是体会到了凤凰山的薄，它山不高，很快能登高望远，在平台观望，凤凰山下的美景一览无余，它的薄或许是一种极简之美吧。

在平台上，我和女儿俯瞰到衙前的全貌，同时也看到一块望夫石，因为前面一次采风做过一些笔记，了解到《萧山县志》中有记载："凤凰山又名慈孤山，石崖之间有望夫石，上红下绿，阴雨望之，俨然妇女形之。"

我一边给女儿讲解着县志中的记载，一边给女儿指出了眼前的望夫石。还真像一名妇女，女儿笑笑说道："这望夫石，会不会有一个民间传说故事，咱们等会儿下去打听打听？"很欣慰，女儿对民间文学也有这么大的兴趣，我想我和女儿也在开始慢慢解读这凤凰山的厚了吧。

下山后，带着女儿参观了衙前农民运动纪念馆，简单游玩了一下凤煌乐园，也领略了凤凰山文化园和凤凰村文化礼堂。

只有认认真真地去领略每个地方的底蕴，才能积累各种文化知识和正能量历史。

此时女儿悄悄告诉了我一声：爸爸，刚才登山的时候，我说了一句这山不过如此，现在我想为我刚才的话道个歉呢。

很欣慰，山上行和山下行，让女儿感受到了凤凰山的不一样。重温红色历史，也算是让女儿感受到了一种不一样的教育。

参观了纪念馆后，女儿很骄傲地和我说了一声：凤凰山是一座英雄的山。

是啊，凤凰山是一座英雄的山。女儿通过刚才的讲解和参观整理出的红色记忆告诉我，一百年前的凤凰山下，爆发过一场轰轰烈烈的农民革命运动，就是衙前农民运动。凤凰山是本家沈定一等共产党员发起的第一次有组织、有纲领的农民运动发轫地，点燃了农民革命运动的星星之火。凤凰山南麓的李成虎烈士墓，都在告诉我们，凤凰山是一座英雄的山。

是啊，凤凰山也是一座文化的山。历代慷慨悲歌之士在此登高凭栏，一览山河，怀古抚今，留下了许多脍炙人口的诗句。我查了资料，高兴地和女儿说道：凤凰山上的望夫石，确实有一个凄美的传说，古时有女因其夫溺于海，日在山上瞻眺思忆，遂化为石。

明孙大初有《高台望夫石诗》：

> 海天万里渺无穷，秋草春花插髻红。
> 自送夫君出门去，一生长立月明中。

当你放慢脚步，用心去感受这座凤凰山，你会发现这一座小山却承载着厚重的历史。凤凰山，它又是一座历史的山。

慢慢地，它就在那里，慢慢地，我和女儿开始能读懂凤凰山的那份厚重。

女儿俏皮地告诉我：凤凰，也曰浴火凤凰。是不是也能这样解读，凤凰山是一座红色的山？

是啊，凤凰山，更是一座红色的山。凤凰山，因山形似卧凤而得名。如今凤凰山主打红色主题。凤凰驿致力于打造红色研学中心，发挥凤凰山下的红色资源，将红色印记串珠成链，打造党史学习教育的"红色热土"。这是革命的红啊！凤凰山脚下的凤凰村，致力于红色拓展区，是萧山的第一乡村红色拓展区，向成人、学生、孩子提供不同的红色体验。这是休闲的红啊！

新年第一天，登高望远，我和女儿做到了。

文化的洗礼，让我和女儿感受了凤凰山的厚重感，也感受了红色的衙前。

解读凤凰山的厚，我想我和女儿会在时间的洗礼下，慢慢翻阅这本词典。

我和女儿特别希望以后能花更多时间来这品读凤凰山的厚！于是和女儿约定，下一个元旦，带上妹妹也来感受一下凤凰山这座英雄的山！

住在美好里

◇许萍萍

作为同样生活在萧山东片的我，很早就知道衙前有个凤凰村，村里有座凤凰山，山上有座李成虎烈士墓，可我从未真正意义上踏进过这个村庄。

2023年，一个很像冬天的冬天，我才真正有幸走入这片土地——那一天，真的是冷呀，应该是2023年入冬以来气温最低、风力最大的冬日了。同行中有人说，这哪里是来采风呀，分明是被风裹挟了。是呀是呀，风好大，又是零下四摄氏度的冰冻天，这一阵阵呼呼的北风，愣是把脸给吹痛了。

可这冷，却抵挡不了我们寻访凤凰村的热情和兴致。

这不，凤煌乐园里那辆显眼的绿皮火车很快就治愈了我。我猜想这个由凤凰村出资建造的乐园，也会像众多美丽乡村中的公园差不多大吧。可一走进，就感觉到乐园里的玩乐设施多得数也数不过来。凤凰列车、田园过山车、跑跑卡丁车、轨道嘟嘟车、钢铁丛林、大黄蜂、擎天柱、百姓古城石文化公园……大致数了一圈，有三十多个吧。正在感慨一个小小的村庄，居然能建起这样一座有规模的游乐园时，余光突然扫到近旁有鸽羽掠过的影子，这才发觉我们来到了乐园中的乐园——萌宝宠物村。兔子在笼里吃食，小香猪抬眼望着路过的人群，鸽子在屋顶休息眺望，孔雀孤傲又美丽，羊驼温和又害羞，鸡鸭紧邻……忽地想起汤汤的绘本《鸡同鸭讲》。这宠物村里的小小村民是否也会在早晨相互打招呼，是否也会和近邻谈谈心？正这么想着的时候，同行的人说，看到它们，你又可以写童话了。我笑笑，不回答。但或许我真的可以构思出一篇故事来，这方小小的天地中和睦相处的小小"村民"们，生发点什么有趣或神秘的事，也不是没可能的。

走过斑斓的彩虹滑道时，我发现它居然不是一滑到底的。滑道间隔几米就会有一个缓冲段，这应该是为小孩子特意设置的吧？田园过山车也是，虽然弯道不少，但高度似乎只有一米多一点，非常适合孩子的高度……这个处处为孩子着想的乐园，应民心而生，伴民心而在，尽管当天没有游客，但我似乎能听到一阵阵欢快的笑声从每一个游乐点传来，温暖、喜悦了这个灰扑扑的冬日。

如果说凤煌乐园是属于小孩的，那"凤凰颐"乐养中心却给凤凰村的老人们颐养晚年提供了便利。

乐养中心有很多服务，娱乐、健体、休闲、学习，而最有特色的是老年食堂。食堂分阳光厨房和餐厅。餐厅简约、明亮、整洁、温馨，能容纳几十个老人共进午餐。餐厅墙面贴有醒目的一周食谱和健康饮食金字塔图表。图表边有贴心的提示：凡食热胜冷、少胜多、熟胜生、淡胜咸。因节制而健康——这样的提醒能帮助到食堂制定菜谱或烹煮食物时有一个参考和警示。老年食堂里的菜是"吾爱吾老"食堂人员当天早上新鲜采购的，他们会早早去市场，按照一周食谱里的菜品挑选食材，估算好菜量。每餐有四菜一汤，厨师们为了配合老人们的口味，尽量把饭菜做得清淡软烂，易消化。红烧排骨、肉末粉丝、香菇青菜、酱爆肉片、白切鸡、木耳花菜、葱花南瓜、西湖醋鱼……我粗粗看了下食谱，大致记住了这些菜肴，每餐大概一荤两素——老年人要少油少盐少糖，一荤两素最是适合。村里一些年事比较高，或者行动不太方便的老人无法自行前往老年食堂用餐，工作人员便会"送餐上门"。他们把饭菜盛放在保温饭盒里，骑着小电驴一户一户派送，让老人们能及时吃上热乎饭菜。据说，凤凰村八十五岁以上的老人用餐是免费的，八十岁以上的老人也仅需三元钱，就能买上一顿荤素搭配的可口饭菜。省心省力省时，便宜便利又健康，老年食堂的建立，确实给老人们提供了最好的服务。餐厅边，有一个宽大的休憩室，白墙原木地板，中式的墙面装饰，一眼望去，简朴中有暖色，也有雅意。屋子里放着十几张舒适的按摩椅，可躺着休息，也可按摩健身。午饭后，舒舒服服地躺在椅子上和熟悉的邻里聊聊天，谈谈心，最是惬意不过。

　　乐养中心的理发室是专门为老年人理发的，村里六十岁以上的老人，每一个月都可享受一次免费理发的福利。这就是说，凤凰村六十岁以上的老人，再也不用自己掏腰包理发了。乐养中心隔壁，有凤凰村智慧微诊室。微诊室不仅为老人们提供了测温、量血压等简单服务，还可以远程连线医生，给老人们看病。

旁边的一台自助取药机，也能让村民们动一动手指就能取到所需药品。这些简便易操作的机器，大家一学就会。凤凰颐，颐养天年，的确是一个安享晚年的舒适之所。

从乐养中心出来，走一小段路便到了浙东运河衙前文化园。文化园其实是衙前镇政府旧址所在地，保留了古朴的建筑群。开阔的石雕园内，收集了八百多件大大小小的石雕。有石桌、石凳、石盆、石磨、石狮、石板、石柱、石槽、石界碑、石秤砣、石香炉……这些石雕全部采集自萧绍两地的旧庭院，很多都是明清两代的石雕。放眼望去，地上、墙上满眼皆石，但坚硬中分明有柔性，也许是石雕自身带有故事的缘故吧。比如母狮护子的故事，一个秤砣的故事，一架石磨的故事……

除了有古老故事的石雕园，文化园内还有度量衡、历代瓷标、萧绍契约等展示厅，这些展厅里展示的也都是老物件。泛黄的契约，残缺的瓷片，古老的量器，复古的官衣官帽，数量众多，让人犹如身临一部纪录片中，应接不暇，但又想探究一番。这些藏品，都是对衙前丰富运河文化的解读；这些展厅，也是凤凰村民们的精神家园。

据说在衙前农民运动时期，刘大白诗人曾经作过这么一首诗：嫂嫂织布，哥哥卖布。弟弟裤破，没布补裤……可见彼时衙前凤凰村民的窘迫状，那时，老百姓们连条裤子都穿不起。

如今，凤凰涅槃，勤劳智慧的凤凰村人，在这方"红色"的土地上陆续兴建了登山游步道、凤煌乐园、乐养中心、运河文化园、特色民宿等，新时代"民富村强，大家都要好"的共富画卷已一路铺展，村民住在美好里，共享品质生活。

残缺也是一种美

◇倪琴琴

岁月辗转成歌，时光流逝如花。余华在《活着》里写道：没有什么比时间更具有说服力了，因为时间无需通知我们就可以改变一切。时间这个东西，从来不问我们愿不愿意，一眼温柔了千年。

走进浙东运河衙前文化园，仿佛穿越一场时光之旅。一楼是各种石雕。石头不会说话，它用硬朗的身躯向我们展示了岁月的变迁史。石桌、石凳、石柱、石狮、石墩、石界、石门、石架、石塔，梁枋、廊心墙、台基、栏杆、门枕石，以及石牌坊、石碑、镇庄兽、拴马桩……石头表层坑坑洼洼，岁月的年轮沉淀了斑驳的痕迹，留下了无言的沧桑。

民间石雕常运用在建筑装饰中，尤其是明清时期的建筑装饰石雕，因其有逐渐消失的趋势而更显弥足珍贵。主人收罗的石雕排列有序，堆砌错落有致。蹲着、站着、凝视着远方或者静默地矗立着。

　　我们一行人停驻在一排石狮子前面，年轻的导游让我们识别牡公牡母，同行纷纷猜测，拿出行家鉴宝的气势。导游笑着一一解释，她指着石狮向我们娓娓道来。传说佛祖释迦牟尼诞生时，一手指天，一手指地，作狮子吼："天上地下，唯我独尊。"从此狮子被逐渐神化，人们认为它能辟邪护法，而成为佛法威力的象征。狮子又被称为"百兽之王"，人们认为它可镇百兽。于是东汉开始，历代帝王陵墓石兽中均沿用石狮子护陵，用以辟邪镇墓。狮子还常成为菩萨的坐骑和寺庙的建筑装饰。古代官制三公、三孤之首名太师、少师，官位显赫。大狮、小狮谐音太师、少师。"太狮少狮"图案为高官厚禄、财富与权力的象征，多见于民间建筑门饰雕刻。狮子的形象被融入中国文化中，成为最具民族特色和民间色彩的典型艺术形象，深受百姓的喜爱。传说雄狮与雌狮在一起嬉戏，狮子的毛会缠在一起滚为球，球内会生出小狮子。"狮子滚绣球""太狮少狮"图案寓意祛灾祈福、子孙繁盛、财源滚滚，后广泛用于石牌坊、桥梁、望柱、建筑小品、门枕石、拴马桩等雕刻上。在言笑晏晏中，我们把每只狮子都抚摸了一遍。依照世俗的观念，人生的最高理想是加官晋爵、子孙满堂、富贵永年。小小的石雕，寄托着百姓美好的祝福与心愿。

　　门枕石是展览馆里最多的石雕，也叫抱鼓石或门墩，是一种石材做成的极具结构功能和艺术欣赏价值的建筑构件，位于大门的门轴下，主要功能为承托大门起转动门轴的作用。门枕石突出门外的部分称为门鼓石、门墩，是装饰的重点。做成圆形的称为圆门鼓，做成方形的称为方门鼓。门墩的文化内涵主要表现在传统文化、佛家文化和道家文化三个方面。门墩上的"狮子滚绣球""五福捧寿""九世（狮）同居""白猿偷桃""三羊开泰""刘海戏金蟾""麟吐玉书""岁寒三友""暗八仙"等图案，内容丰富，多姿多彩。由于封建礼教及权势的规矩制度，应用在建筑上的装饰图案纹样也有官位等级的差别。官位等级高的门墩图案丰富且雕工精致，官位等级低的门墩图案极少甚至没有，就一简单的方柱或圆柱门墩。即使是那么简单的门墩，也很少出现在寻常百姓家。我记得小时候，只有村里每年举办大型集会的房屋里才有门墩，稳稳地驮着两根柱子，支撑起四平八稳的屋架。

二楼是历代瓷标展示厅和萧绍契约展示厅。这些瓷片有的来自附近的山体开掘，有的是主人四处搜集的藏品。更多的是碎瓷残瓷，其中一盏宣德年间的青花云龙花纹大盘瓷片，曾在2011年5月中汉春季拍卖会上拍出三十六点八万元人民币。古代瓷片，虽然残缺，但仍有一定文物价值、历史价值、艺术价值，更能体现当时的文化、经济、审美等，古代瓷器所包括的所有价值，古瓷片基本都能涵盖。

萧绍契约展示厅展示的是民国至今一些房屋、田地买卖的地契和一些收款收据。"杜绝山地文契""绝卖文契""卖屋文契"……一个"绝"字是多么斩钉截铁，带着破釜沉舟的决心。可以想象主人当时在把自己的契约交给别人时，是多么凄苦与决绝，世袭的祖屋，肥沃的田地从此永远托付别人，曾经的珍爱与心血统统交付过往一场云烟。

官契，又称红契，契书上标有印章，是当时官方认可的一种法定标准形式，在当时具有法律效力，是受当时法律保护的；

民契，又称白契，通常指的是个人之间的买卖约定凭证，不受法律认可，通常会有多个见证人签名，以示契约的认可度，约定俗成。有些见证人或者当事人无法完成签字，通常用圆圈或者点号代替姓名画押，特殊的标记、符号，彰显着每个人的诚信。

毕业证书、土地房产所有证、奖状、结婚证、订婚证书……民国年间的证书章程，即使残缺一个角，磨损一小块，沾上了尘，晕染了墨，仍不失它的纯朴，有条不紊地向我们展示着那时的世俗风情之美。

一路缓慢前行，一路欣赏：断壁残垣、戏台楼阁、碎瓷文契、官服官帽……岁月匆匆如是，多少故事留在心，千万次的回眸，依然掬不起曾经的岁月，再大的虚荣和纷繁，最终都归于本真和平淡。

我喜欢这种岁月沉淀、归于平静后的残缺美，不是每一缕情愫都需要有归宿，那样就没了遗憾和憧憬。殊不知，再完美的东西也是残缺的升华。

山水衙前

◇周无江

来萧山二十多年了，长居东片。说起衙前那是一种既陌生而又熟悉的感觉。20世纪90年代萧山城区到瓜沥，"少林"中巴车从315车站出发，售票员举着瓜沥的车牌，从商业城一路揽客，横穿整个衙前，杨汛桥、新发王、项漾村、凤凰山庄，无数次往返，我也无数次听着这些熟悉又陌生的地方。

衙前工业经济发达，但让我印象深刻的却是衙前的山水，萧绍平原最缺的是山，衙前难得拥有一座凤凰山，尽管山不高，系航坞山的余脉，从高处看下来，就如一个小土堆，因山形卧姿似凤凰而得名。

当然单凭一座山来说，凤凰山满山郁郁葱葱的植物，与国内的三山五岳没有可比之处。但就是这座山，见证了1921年衙前农民运动的兴起，诞生了英雄李成虎，留下了可歌可泣并影响了一个时代的伟大壮举，满山洒遍了红色英雄故事。

凤凰山北坡与南麓的红色英雄故事迥然不同，有着设施完善的凤煌乐园景区，以及恢宏气派的东岳庙。从东岳庙大门口抬头仰望，依山而建的东岳庙高大轩昂，各个殿宇布满整个北坡，漫步庙宇之间，耳边传来阵阵梵音，钟声缥缈，不愧为杭州地区最大的东岳庙。

站在山顶，眺望衙前全景，还是更喜欢人间烟火气浓的山南，无论是一个城市还是一个城镇，有水则灵，穿镇而过的官河是老天对衙前的恩赐。作为大运河的组成部分，一水相通而四通八达，官河带来的不光是灵气，还有水路产业的兴旺发达。

从高处望向官河两岸，修旧如旧的粉墙黛瓦，或一层或两层的江南民居小楼，正因为楼不高，更显得官河宽广。我曾数次踏上衙前段官河两岸，走在石板路上，平视无高楼，古色古香的民居建筑每一块砖每一片瓦，都仿佛诉说着往昔的故事。精致的长廊中，散坐着一些歇脚的村民与游客，或翻看手机，唠着家常，也有眺望官河水面的，有个大伯吸着烟举着钓竿在钓鱼，桶里游着一两条小鲫鱼，我说大伯水平不错，能钓上鱼。大伯嘿嘿一笑：闲着没事，天天都要来钓一会儿，钓不钓得着无所谓的。我想是这样的，他们人在其中，享受的是美丽的环境与祥和的安宁。让老百姓过上满意的生活，这正是我们撸起袖子加油干的动力吧。

老街西头的古毕公桥，如一位阅尽沧桑的老者，似一部史书静静地屹立在面前，你仿佛可以看到那些曾经风雨飘摇的历史场景。阵阵微风拉近了人与官河的距离，一幢幢建筑走进去，精致的展览，仿佛走进了历史的长卷，融入了曾经的故事。

衙前的朋友说，浙东运河衙前文化园已经开园了，里面收藏了很多好东西。带着一丝好奇，我们走进了文化园。首先是石雕园，一件件布满历史沧桑感的石雕摆放整齐，石桌、石凳、石盆、香炉，琳琅满目，通过讲解员的介绍，我们才能了解一二，带着故事的石雕仿佛活了起来。在另外两个展馆，集聚了上万片的各色古瓷片，以及上千件的古契文书，让我们这些门外汉啧啧称奇，看得津津有味长了见识。如果家有小娃，此处正是研学古知识的好地方。

说实话，做旅游多年，看的多，见的也多。但衙前作为一个镇，拥有着独一无二的红色元素故事，又同时搭上了大运河的高亲，波澜不惊的官河水连着的却是中国一千多年的运河水脉，无论是近代的还是远古的，游览衙前仅需半天，但其实你仅仅是打开了历史巨篇的扉页，其中的故事越读越有味儿。

石痴施栩杨，以赏石文化为载体
传承中国传统文化

◇金 驰

中国文化博大精深，作为一个分支，由奇石衍生的赏石文化从古流传至今，从采集、收藏奇石中，人们获得精神的愉悦、内心的安定。

从一个奇石知识的小白到学有所成，衙前的施栩杨老师走过了一条蜿蜒曲折、乐趣无穷、回馈社会的十九年之路。

走入施老师的家中，琳琅满目、奇形怪状但内涵丰富的奇石摆放在一个个靠墙博古架上，从萧山的河上红石开始，到古代四大名石——灵璧石、英石、太湖石、昆石，再到多姿多彩的现代赏石，在他娓娓道来的介绍中，听众走进了赏石文化的艺术殿堂，用自己的想象、用抚触的手感与远古对话，感受石趣的美妙。

2005年，正在家中装修的施老师偶然在《杭州日报》上看到一篇介绍奇石装饰居室的文章，被深深吸引，于是对奇石产生了浓厚兴趣，开始了"摸着石头过河"的过程。

从初次购买的一块黄蜡石开始，他每个周末去逛萧山花木城的奇石店面，现场观摩奇石，向商家学习探讨，偶有看中，便如获至宝地捧回家。他自费购买了专业杂志《石道》《宝藏》，进行系统全面的学习，日复一日，年复一年，他就像一只掉入米糠的米虫，是那么如饥似渴、孜孜不倦。

他走访当时国内较大的上海沪太路奇石市场，五颜六色奇形怪状的奇石让他大开眼界，他也交到了许多志同道合的朋友。他也常利用暑假空闲时间去全国最大的奇石集散地柳州淘石，在真刀真枪的实战中锻炼自己的眼光与定力，不光收获了大量美石，也为他日后开设赏石专业课程打下理论和实践基础。

赏石，要从奇石的形态、质地、颜色、纹理来挑选和鉴赏。因为奇石朴素自然，历经风云变幻而保持本色，奇石让人们的心灵得到沉静，忘记城市的喧嚣，获得与世无争、自然随缘的平和心境，真可谓"以石清心""以石悟道"。

中国的赏石文化历史悠久，《山海经》就记录了许多石头的产出，《诗经》中有不少赞美奇石的诗篇，历代文人墨客无不对奇石青睐有加，屈原、陶渊明、白居易、苏东坡、曹雪芹等对石都如痴如醉。时光流转，时代赋予其新的内涵和内容。如新婚夫妇，会寻找一些有特殊含义的奇石作为爱情信物和美好象征，互相赠送、摆放。新居装修，将奇石放置在客厅书房，有镇宅之说法，也彰显主人品位不凡。

施老师目前担任杭州市观赏石协会副秘书长，利用业余时间做了不少工作。比如：杭州市观赏石协会在萧山新街的花木城举办了五届奇石艺术节，吸引了全国各地的专家学者、奇石爱好者，奇石交易带动经济增长，精品荟萃提升赏石层次，丰富群众生活，提升文化品位。他主持协会微信公众号，并在幕后做了许多工作，大力宣传推广赏石文化。

作为一名有高度社会责任感的语文教师，他自认是赏石文化的传播者。

他发现现阶段的初中语文综合实践题材似乎有些严肃正统，对当代学生的吸引力不够，学生渴望一种能够令他们娱乐身心又能增长见识的课程，因此他结合自身优势，在校领导的支持下，专门为学生开设了赏石文化综合实践课程。这个课程内容古老而又与时俱进，学生在轻松氛围中获得美的享受和知识的拓展。这不仅仅在萧山，就是在全国，也是罕见的教学创意和新颖尝试。

他注重"优秀文化的熏陶感染，提高思想道德修养和审美情趣"，在这样的赏石探究中，学生深入体悟文人墨客的风骨，并将学习与继承他们的独立精神与高雅的审美情趣。同时这样的讨论，淋漓尽致地表现了自主合作探究的学习方式，学习效果惊人，课后同学们印象深刻，意犹未尽。

他是萧山教育知联会成员，用自己的赏石特长，主动请缨，走进湖滨花园社区、休博园社区、党湾镇中村教育基地，利用每年暑假时间，为留守儿童、社区居民带去一堂堂活泼生动、妙趣横生的石趣现场课，通过介绍和交流，引导社区居民形成新的高雅艺术兴趣点。他也参加了萧山区文明办组织的乡村文化礼堂"春泥计划"，讲授神奇的石头，丰富了未成年人的暑期精神文化生活。

　　功夫不负有心人。推广赏石文化至今，施老师在推广石文化方面也取得了累累硕果。赏石文化在萧然大地生根发芽、茁壮成长，既是奇石之幸，更是萧山之幸。我们期待，萧山能在奇石文化界诞生更多更好的奇石收藏文化，不仅仅占据一席之地，更大放异彩。

任正康

——创造两项世界纪录的萧山体育教师

◇金　驰

　　在萧山衙前的恒逸仁和实验学校，有这样一位体育教师，默默耕耘在基层一线，用自己的青春汗水，在萧山教育战线谱写了一曲荡气回肠、令人肃然起敬的萧山奇迹之歌。

　　三十多岁的任正康，出生于云南省昭通市巧家县山区，从小在心中种下一个篮球梦，十岁那年曾用自己一个星期的伙食费偷偷地购买了一个二手篮球，在玉米地里随心所欲、完全没有章法地练球，在他小小的心中，篮球就是他的生命和梦想，就是他的人生前行的动力。

　　初三快毕业时，任正康参加市里面的体育测试。他以八百米、跳远双列第一的成绩被选拔进入体校，开始了他如饥似渴、孜孜不倦的练球生涯。为规划好、实现好人生运动职业规划，他笨鸟先飞，早起晚归，硬生生每天比其他同学多练习几个小时。靠着这样的勤学苦练，终于脱颖而出，离他的运动梦想越来越近。

一路走来，一路执着，不忘初心，高校上的是体育学院，专业是篮球。渐渐地，他在篮球这条路上越走越专业，越走越精进。

在一次意外中，他的父亲不幸去世，巨大的精神创伤和深深的悲痛，化为了他挑战极限运动的动力，他不断用挑战自身体能极限的方式加大运动量，发泄内心苦闷。他的状态和运动体能渐渐达到一个全新的高度，他也慢慢从悲痛中走了出来。2012年，他偶然看到世界纪录协会在电视媒体上刊登的征集选手挑战世界纪录的公告。他内心激动不已，精心选择了"世界上一分钟俯卧撑背后击掌数量最多"这个项目，自行拍摄了比赛视频投到协会比赛邮箱。半个月后的一天，世界纪录协会的工作人员联系他参赛。在云南玉溪体育学校，在三名协会评委的现场见证下，在现场无数观众呐喊助威叫好的热烈氛围下，他鼓足勇气，勇敢挑战自我，挥汗如雨，咬紧牙关，一举刷新了当地从未获得过的世界纪录。现场欢声雷动，掌声经久不息，观众们流下了激动的泪水。

不久，机缘巧合，在萧山区恒逸仁和实验学校的盛情邀请下，他来到萧山，做了一名普通的体育教师。他根据萧山学生的体质特点、饮食习惯，进行了有针对性的训练。为了更好地激励学生，更好地起到教师的带头表率作用，他又想去挑战世界纪录。在同事的建议下，他慎重选择了"世界上背后负重十千克、脚上负重五千克、两分钟跳投一点五千克三分球命中最多"项目来挑战。世界纪录协会接到他的报名，初步审核后通知他来香港比赛。比赛出发前，校长对其殷殷嘱托，鼓励其勇于挑战自我，代表学校、萧山、杭州、浙江去参加比赛，为国家增光，为学校争荣誉。他热血澎湃，在香港维多利亚港旁的体育场馆，在三个评委见证下，用时半小时，按照比赛要求现场连续比赛三次，取最好成绩，终于在无可辩驳的现场语境中又一次挑战成功，登上了职业生涯的又一次巅峰。这个从大山里走出来的孩子，用自己的行为完美诠释了"心有多大，舞台就有多大"。

载誉归来，凯旋的他用自己的亲身经历来激励鞭策学生们，体育运动的道路上不进则退，没有捷径。他还独创了篮球队员在所有位置都要独当一面的培训方法，不搞单一化、专一化培训。赛前、赛中、赛后，他不断地通过现场视频来现场调整、事后分析，努力做到让每一个孩子都达到最佳位置、最佳状态。在他的不断努力下，孩子们在不断进步中，从2015年他带学校篮球队开始，参加萧山区中小学篮球比赛至今，荣获小学D组比赛九个冠军，女子荣获六连冠，男子三个冠军。他麾下的多名学生被输送到少体校学习，两名女孩输送到国家青年队集训。

工作之余，他热心公益活动，不惜为此冒巨大风险。2014年8月3日下午，云南省昭通市鲁甸县龙头山地区发生强烈地震。他正值暑期在老家田里干活，自己家的房子也在瞬间被埋在废墟中，幸存的八十岁奶奶和死神擦肩而过。他站在山头看到几十千米外的地震中心山崩地裂，房屋如积木一样从山坡上倒塌。眼前和远处传来凄凉的求救声和心惊胆战的警报声，看着眼前不断朝着地震中心飞驰而去的警车、救护车、消防车、皮卡车，他立即和朋友组织人手，赶到震中心地区，连夜加入搬运帐篷、方便面、矿泉水等救灾物资的队伍中，饿了随便啃几口干粮，困了地上打个盹，连续两天两夜没下战场，脚上、手上、背上都被磨得麻木了，他的事迹被新华网评为十佳感人故事之一。事后，当地政府还专门打来电话致谢。

任老师常说，心中有球，哪都能训练，一切困苦都无所畏惧。他也常对学生说："梦想越是美丽，就越是显得遥不可及，可奇怪的是，一旦你下定了决心，最初的梦想就会一一变为现实。"

萧山区恒逸仁和实验学校虽然是一所民工子弟学校，但有这样的教师和学习氛围，是萧山的幸运，可以说是萧山这片热土以自己的魅力吸引了世界纪录创造者任老师的入驻，是双方爱与梦想的双向奔赴。

面对孜孜好学的学生，正如任老师对学生家长的表态那样：把现在正在做的事情尽力去做好，才会对学生、对恒逸有交代。

萧山，正是因为有了无数个任老师，前赴后继，勇于挑战自我，整体教育风貌才会欣欣向荣，学生才会不断地在各个领域发挥潜力，被塑造成才。

yaqian fengyun

诗韵·芳华

衙前四题

◇孙昌建

火　种
　　——观同名绍剧有感

要讲好一个故事
可不可以从一碗萝卜干开始
抑或是从一份上海的觉悟副刊
再抑或是从一首卖布谣唱起

人生识字糊涂始，一天醒来
一群先生从杭州来到衙前
可说的还分明是土话方言
"格个老倌""哼个老倌"

而那个叫三先生的玄庐
用门前流了数百年的官河水
写下了传至今天的农协宣言
从此火种点燃了萧绍平原

从此李成虎和衙前的名字
写进了中国现代革命史
多种的可能性，唯有一种
是靠火种才能点亮黑夜

结果大家都知道了，那一天
三先生是从衙前汽车站下车
他没有回家，他直接上了凤凰山
故乡的春风啊，一吹就是一百年

老照片

一定要过好多年之后
我才知道照片中的人
有的是可以被抹掉的
如他，如你，也如我

又要过好多年之后
我才知道照片中的人
是怎么抹也抹不掉的
像山，像水，像黑与白

衙前汽车站

我一直想去找衙前汽车站
倒不一定是想情景再现
多少年了，多少年的谜团
好像官河的水已被抽干

人们在淤泥里挖呀挖
挖出了一个纸构的江山
多少年了，会有河清海晏吗
是谁炸开了沉睡的青山

一声枪响，衙前汽车站
时代便永远停靠在了衙前
并不是因为曾经的雕像
而是子弹射穿了历史的封面

叙事诗《十五娘》及其他

"菜子黄，百花香，
"软软的春风，吹得锄头技痒"

春风又吹，锄头安在
又见一百年的河水澜起波扬

凤凰山上，依旧可揽风景如旧
地龙可去稽山，亦可去省城

这都是新《十五娘》的内容
忠于叙事，又可兼修抒情

官河纤道

◇李郁葱

唯有麻雀的小碎步能够打破

这官河的平静。并从路面卷起的

视野里，框定过去的一段场景

那些吆喝着号子的人

那些用风灌饱肚子的纤夫

把自己交给这条河

这河面曾经奇崛，从远方逶迤而来

但风暴早已经平息

如同我们从江对岸驱车到来

河面之下还有鱼虾游弋时的混沌

而河岸上野花一年一度葳蕤

那些石刻比我们久长一些

记忆的微茫，能够记住的苦难

并不是苦难本身。那些旁观者
他们看，记录，然后说出
像不曾坍塌的古桥，从桥梁
沉溺为风景里的点缀，或者是
对粼粼波光的挽留——

衙前镇古运河的诉说

◇崔子川

一

挖运河的人，千百年来
从没想到扔掉锄头
扔掉那些苛捐杂税以及
干旱，洪灾与瘟疫
岸上的纤夫，却率先举起火把
照亮1921年的萧绍平原
照亮，百年中共党史的扉页

二

穿长衫的人，当目光转向土地
厚厚的镜片便不再模糊
他们穿着西方的泳衣，亲自

下河游泳的姿势惊世骇俗

他们烟斗抖落的粒粒文字，开始

燃烧自己的祖宅

燃烧那些殖民，封建的思想

三

此刻，我在一堆熠熠生辉的名字前流连

他们是长工、铁匠、木匠、教书先生、妇运分子、诗人、
杂志主编……

他们年轻的面孔，波涛汹涌的人生

跟曾经波涛汹涌的运河一样

正安静地与我对视

四

河流温顺，宛若头插桃花的江南少女

凹凸不平的古纤道上，起事的

东岳庙，已成为景点

那颗从苏联带回的种子

已活了一百多年的罗汉松

正在沈定一的故居，伸枝展叶

朝着周围鳞次栉比的高楼大厦

互相微笑着，在春天里

阳春三月，在衙前（组诗）

◇卢艳艳

所眷顾的

春天的花儿开得热烈，假如
它们身处田野，那抹亮色在空旷中
仍是渺小而徒劳的
但此刻，它们停在身旁
使街头陈旧的建筑
和走出大门的你，开始上下打量：
天空低垂，地面潮湿
你刚离开管道纵横交错的
化纤原料生产区，迎面而来的风
就给赶赴下一程的人
送来更多直路和弯道
在方向感再造之前

暂时用一用，似曾相识的背影吧
昨天的抵达处，是今天的起点
在人潮拥挤的地铁车厢里
你像一颗滚动的化工晶体，一种
被时代眷顾的中间产物
不再回看最初的形象，只为
维持现状而不断努力着
但奇迹会发生吗？有人成长
有人衰老，从岁首到年终
干涸的心田被一双永恒的眼目浇灌
望向人间哪个山谷，哪个山谷
就开满鲜花，像换上了一件新衣

抬起头来

黑夜的街道冷风呼啸，茫然行走者
存储的暖力，一点点削减
陌生感让两旁灯光格外明亮
却始终悬浮在具象之外

类似你一直努力想获得的珍宝
随着时间推移
有的成为摸不到却甩不掉的宿疾
有的像洪水退去后，暴露无遗的泥沙

每一粒都硌着自己渺小的刚硬
每走出一步，脚印像反复刻下
一去不回的决心，不多久
看上去仍是一大片空白

羞于谈起，无法拾捡
曾经的溪河，水流湍急
抛入其中的事物必回不到岸
如今山谷干涸，在谷底行走的人

来不及跨过像曾经在低处奔涌的
沸腾的血液
身体就已冷却，抬起头来
有效的门牌号还没出现

就这样，仰俯之间
对一个又一个具象的寻找
正好构成了你，抽象的一生
一滴无效的水游离在没有水流的路旁

故　居

一些多年前的景象

正以此刻的画面
再一次，展现在我眼中

当我在看一个故居时
里面仿佛也有眼睛在看我——

逝去之人永恒的眼睛
远走他乡者，留在故乡的眼睛
已成陌路的人曾经熟悉的眼睛
都在提醒我，不可能改变
时代构图里的人物和事件

停在半空的鸟，悬在水中的石块
脸上的泪水和心中的祝福
抛弃得如此之快，遗忘得如此之慢

而游走在古镇往事里的眼睛
跟随来来往往鸟儿穿行的眼睛
被运河之门，打开的眼睛
将从故居的时间里，脱离出来
在继续行走的路上

西小江上往来人

◇陈于晓

衙前镇杨汛村，枕着西小江的
人家，门泊十里两头翘的小船
"十里"，现在是我的想象
在旧年，或许是人们很熟悉的一幕
村民多以捕鱼耙螺蛳为生

稍兜、盘笪、耙……当我写下这些
天空中，有繁星在咣当着
西小江上，有流水在咣当着
两头翘小船跟着流水，微微晃动
一耙一耙，接着一兜一兜的
螺蛳，便入了船舱

或浓或淡的水雾，一会儿弥漫
一会儿又散开来
一只只小船，在风波中出没
只是这风波通常不太大
西小江流水并不急。彼时
江上往来人，都是耙螺蛳的

打网、拖网、塘捻、游丝……
写下这些，捕鱼人
就该在西小江上登场了
一尾尾活蹦乱跳，带着水花
跃然在眼前。捕鱼人的舞台
在水上。早出晚归，风里雨里
感恩着西小江的馈赠

日丽风和，一些往事已远
只有隔着西小江的小螺山
像一枚青螺，依然被
枕水人家的窗，含着
在粼粼的波光里

拜谒李成虎墓

◇雷元胜

一脚踢走旧河流
转身的时候，还不知风的结果

年迈的浙东运河突然来了一个急停
陈年的稻谷被抢走
牛、猪，甚至鱼苗都被抢走

东岳庙像一封未写完的旧信
凤凰山为你松绑
栅栏上再次爬满凌霄花

日出钱塘江，红光闪闪
那些惊世之美不能遗忘——
看似微小的身躯，不顺从、烈士的热血

新的一天，从语音导航开始
打开车门，轻启发动机
我们走在接受先知恩典的路上

官 河

◇潘开宇

在衙前
官河流过了千年的光阴

从浙东运河商贸流通的繁华
到红色农运的发祥
从古韵官河
到农运先声
舟楫淌过的绿水青山里
有沧桑的流年
和古今风云变幻

伴远山苍翠
伴白鹭翩跹长空

河道或宽或窄
如河水或奔腾或沉静

碧云斜阳外
我在埠头击水而歌
万柳亭人来人往
截取一段古老的往事
一片风景
放入如歌的行板

凤凰山下（外一首）

◇许也平

一百多年前
凤凰山下的一束微弱的火光
点响了中国的黑夜
"我们要活下去
"减租，减租"

凤凰山下
官塘河边
用鲜血祭奠的目标
在崎岖的道路上曲折前行
燃烧在萧绍平原

浙东运河

浙东运河主流
从西兴到甬江
由西向东
一路细流
经镇海招宝山
汇入东海

浙东运河
像一个清秀的江南汉子
它从春秋走到南宋
从清代走到近代
足足行走了二百三十九千米
从未停息

古纤道的残石上
遗留的脚步
是先民用步履凿刻而成的印记
充满艰辛、无助
而今天，它成为
海上丝绸之路的始点

我要蹚过故乡的河

◇周　亮

时间也会凝固
凝固成起伏的青山，凝固成绵延的长河
凝固成
流离的人生

一

螺山，白玉盘里一青螺
用一种肃穆观望
下河摸螺
上山举火
筚路蓝缕
先辈们散作万千的蒲公英

二

上游山洪暴发
这块土地泛滥成泽国
几百年的争争吵吵
明代浦阳江改道东流
鱼米之乡
汗流满面才得糊口

三

贺知章和一座唐朝匆匆赶路
外邦的贡品匆匆赶路
考举的读书人匆匆赶路
浙东运河静静流淌
河畔的乌台门
默默看了几百年

四

凤凰山，凤凰不落无宝之地
李成虎和无数的老百姓
建立了中国现代史上的第一个农民协会

恶人虽然无人追赶也逃跑
义人却胆壮像狮子
日月发光在天空，普照在地上

五

看哪
青山隽秀，钢构撑起中国天眼
运河绵连，石化开拓海外基地
山河不言
所有的生灵
都是甚好

六

妈妈
我要蹚过故乡的河，到远方去
遥远天空俯向尘土的一道彩虹
繁星点点烘托着新月的梦
等着我
我要向你献上最美的百合花

衙前农村小学校（外一首）

◇黄依童

太阳伏在光明的脚上

世界不只她在歌唱

雨滴走在玻璃的冰冷上

我们习惯叫作小窗

听雨，还得是红绿灯、白炽灯

像往常一样，喜欢

对着模糊的事物

发呆，停留在一张报纸

或者一杯酒。我们大抵也输掉了

幼年的花香，和着歪脖老树叶轻轻歌唱

在小学校，课桌，或者院子

那个或许可以说温柔的下午，晴天

如同一把刀子将笑容割开

奶奶说："快快长大，
爷爷好回家。"
这是恍惚跳过的一瞬
像蛇细长的尾巴。那日
我不再幻想对风起舞，
骨裂成为漫长的逗号

早上我教孩子们读《将进酒》

早上我教孩子们读《将进酒》
读夸张，读对比，读大人
自我安慰的习惯
他们的哈欠，发呆，交谈
像是太阳演奏的音符
想起多年前，也这样跟着
老师，把她的泪水
涂抹成分数

河水的投影

◇祝美芬

那是一张张渔网的投影
捕鱼者的沧桑容颜随着水波
渐渐消散于历史的涟漪

那时鱼虾很多
但极少上自家的餐桌
那时螺蛳更多
于是它成了难得的荤腥
装饰习惯了青菜萝卜的胃
甚至还吃出了螺蛳的N种烧法

今日墙上的螺蛳兜
已然成为往昔岁月的道具
而那时它分明写满

日子的艰辛与挣扎
如果它们会说话
说的话定是带着咸味
就如这晒匾里陈列的鱼干

西小江的水依然清澈
螺蛳与鱼虾也未曾间断
而河水的投影更换了样貌
是成片的新式民居
是村民喜笑盈盈的富足神情
螺蛳八大碗成了创意菜
是对昔日的追忆
又是对未来无限的希冀

路　标

◇沈国龙

在衙前
如在一个驿站的匆匆停留
墙壁上栖满了先人沉寂的宿命
历史的一瞥，像那本厚重病历的即时记录
往事隶属于远方
在这里，我的思想试图赶上我的族人
不要向后看，我从斑驳的史料中穿越
谁能在迷离中辨明方向
时间并不能给予我标准答案
我的痛楚抑或来自漫无边际的想象

无数的老物件
引领我穿过百年之外
风雨和虫鸣透露出杀戮和囚禁

窥探的腥风血雨
我无法深入族人当年嬗变的思想
忧伤掩盖的旧事
结局，却在命运的括号外面

一个世纪酝酿的希冀
依旧如日出般浅白
回忆如此唯美
我从幽深处听见良知的召唤
理想国的憧憬与回响
我只有短暂的时光奔向你
"你不能说我一无所有"
遇见，应了轮回
那失落中择机的天使
成了光明的路标

假若有酒，隔空与你对饮
那一定是极佳的

把乐园和远方搬到了凤凰（外一首）

◇王　毓

把乐园和远方搬到了凤凰
宝贝，绿皮火车载来大同
它的车轮踏遍了祖国的山河
像未来的你一样
前方光明，一路平安

来，我们一起数到七
从滑梯飞进彩虹
这道幸福的闪电
把永恒带进这个瞬间
你的眼睛将总能看到生活的灿烂

宝贝，每天都升起的太阳下
不只有人类单一的想象

快看，萌宝宠物村
头上长着树丫的小鹿
身上铺满大陆的小猪
和我们交融出世界的芬芳

家在凤凰颐

隔着落完叶的树干
铁铸的围栏抱住了柔软的躺椅
在凤凰山下，用夕阳般温热的笔迹
为曾创业在先的老人写下"晚安"
醒来时，理好他们的头发
又一次找回生活的触觉
孤独的餐桌上，三元
四菜一汤又换回了飘香的微笑
外面有风雨，回到家
就拥有了一个暖冬
我们发梢上的落雪
开遍了春天

在衙前，见凤凰飞

◇戚海丹

一千年前，一只凤凰
栖卧于此

像种子在地底能量的积蓄
像行千里积跬步迈出的第一步
像大厦肇始于深邃的桩基
像胎儿在子宫初孕不见小腹隆起

所有的发生，在其发生
之前，你甚至
看不出些微的端倪

一旦发生
平地拔起高楼，细胞生长分裂
一旦发生
势如破竹，忽如一夜春风来

源于一个初心的"原点"
默默等待着等待着
又一次的"大爆炸"
——再造一个新的宇宙！

眨眼间已千年
凤凰振翅
起舞九天
凌云于飞

小 镇

◇卓　亚

如何注释她的前世今生

使我愁肠百结

她的浑身都是古典之美

几乎充满我的梦境

她又那么清丽

一如婉约的新词

我用江南为她冠名

用流水的温柔塑造她的身影

但远远不够

春时飞絮与秋时明月

稻花香远与墨瓦白墙

我无法找到最贴切的词汇来表达

我用我的吴侬软语

来诉说一段历史和深情

在水一方

有一明珠发出耀眼的光芒

在水一方

是沙鸥与茉莉花的故乡

在安详的时光里

在缓慢与仓促的岁月之中

听一首古老的歌

你是否听到传说中的东方之美

大潮与荧光同时流向天际

沉重与轻盈同为一幅美妙的丹青

参观衙前农运领袖李成虎烈士纪念馆有怀

◇王为民

其 一

旱涝常侵几亩田，乡间生活实堪怜。
食粮到手难糊口，地主收租装满船。
为了民生思革命，组成农会斗强权。
衙前先驱李成虎，大节凛然遐志坚。

其 二

出生乡下苦寒家，自幼被人聪颖夸。
期望成龙慈父愿，锐思进步沐丹霞。
动员民众反封建，起义衙前不信邪。
革命征程功显赫，一腔热血哺桑麻。

其 三

帮助黎民挖苦根，萧然大地树旌幡。
青峰印烙当年景，绿水贻留抗霸痕。
酷暑枪林燃种火，寒冬弹雨育梅魂。
先贤开创千秋业，红色江山万代存。

其 四

饱受欺凌记忆中，抗争恶霸出英雄。
萧然厚土烽烟滚，志士仁人道路同。
可断头颅献黎庶，敢将汗血洒旃戎。
喜看今日新天地，仗我神州杨叶弓。[①]

---

①杨叶弓，可百步穿杨的弓。

衙前二首

◇俞沛云

衙前农民运动纪念馆

红色馆藏不朽篇，农民运动始空前。
群英义举声名广，蔚气神驰星火燃。
无谓苦辛除旧弊，且求温饱换新天。
凤凰山下留清誉，史迹悠悠世代传。

谒李成虎墓

四围草木郁葱葱，一冢森森肃穆风。
玉魄岚烟诚守候，白云壮节互灵通。
情牵故里饥寒迫，志在民间贫富同。
革命新潮身作则，家山至此韵流红。